笠間ライブラリー
梅光学院大学公開講座論集
62

文学の力

時代と向き合う作家たち

佐藤泰正【編】

笠間書院

文学の力―時代と向き合う作家たち

目次

文学の力―時代と向き合う作家たち

コンティンジェントであることの力

加藤典洋

一

文学の力ということでは、以前、ボルヘスの言葉に惹かれるものを感じて、somebody else であることを anybody else に変える力というように述べたことがある。一九九四年、ほぼ二十年前のことだ（「anybody else としての文学」『理解することへの抵抗』一九九八年、所収）。

そこに取りあげたボルヘスの言葉というのは、こういうのである。

……I should try to tell, in a straightforward way, plain stories, so that I will try to get away from mazes, from mirrors, from daggers, from tigers, because all of those things now grow a bit of a bore to me. So that I will try to write a book, a book so good that nobody will think I have written it. I would write a book —— I won't say in somebody else's style —— but in the style of anybody else.

——Jorge Luis Borges, "A Post-Lecture Discussion of His Own Writing," Critical Inquiry, Vol. 1, No. 4, (June 1975). P. 710. Cited from "Introduction to The New Topographics" written by Willian Jenkins.

……私は単刀直入にいって、無味無臭な物語を語りたいのです。迷路とか鏡とか短刀だとか虎だとかは願い下げにしたい。というのもそれらはいまや私にはやや退屈なものとなっているからです。私は、とてもうまく書かれているので誰も私が書いたとは思わないような本を一冊、書いてみたい。私は、自分ではない他の「誰か」の文体ではなく、自分以外の誰もに開かれた「誰でも」の文体で、本を一冊書こうと思うのです。（ホルヘ・ルイス・ボルヘス「彼自身の書き方をめぐる講演後の質疑」『クリティカル・インクワイアリ』第一巻第四号、一九七五年六月、ウィリアム・ジェンキンス「ニュー・ポポグラフィックスのためのイントロダクション」より再引用）

文学とは、政治、社会、文化、経済、思想、哲学といったことがら、それぞれが「何者か」であるものから、「何者」性を抜き取ることで、「何者であっても構わない」存在に変えてしまう力なのではないか。

　政治、社会、文化、経済……という専門領域のうちにある対象がそれぞれ肩書きをもつ名刺だとすると、そこから、肩書きをはがしてしまう力。そういうものとして、文学の力はある、とそこでは言いたかったのだと思う。自分の行おうとする文学批評が念頭にあった。

　しかし、いま、名刺と書くと、まず、即座に、二つの名刺のことが思い浮かぶ。

　一つは、国木田独歩の「忘れえぬ人々」での二子玉川近くの宿で二人の青年が取り交わす名刺である。それについてはこういう背景がある。

　明治時代は、柳田國男が『明治大正史世相編』に描いているように、もはや士族、平民の身分制度も撤廃され、廃藩置県の新制度の社会に投げ出された人々がそれぞれ都会にやってきて、互いに新しい関係のうちに生きなければならない社会だった。そこでは、短時間に見知らぬ相手同士が相手を知り、親しくなるために、二つの文明の利器が用いられた。一つは、豊年の祝いとして村で共に飲む酒ではない、見知らぬもの同士が羞恥と警戒を超えて互いに親しくなるために飲む酒であって、双方共に痛飲し、口論、ときには殴り合いをへて、その後、仲直りする。それで一夜にして年来の友のように肝胆相照らす仲となる。この風習はいまも大学の新入生への通過儀礼的蛮行として「一気飲み」の名で残っていて、時々、救急車のサイレンの音が近づいてきたりする。

　これに加えての、明治の新風俗のもう一つが、名刺である。都会で、見知らぬもの同士が名刺を交換すると、そこに「佐賀県士族」とか「東京帝大講師」とかの肩書きが記してある。自分が、何者であるかがそこに名乗られ、名刺を交換する二人は、それによって儀礼の形で、さりげなく相手を識別する。

さて、国木田の「忘れえぬ人々」では、多摩川沿いの土地の旅館「亀屋」で隣り合った二人の青年が、言葉を交わし、相手に親しみを感じ、名刺の交換を行うのだが、その名刺には、ともに肩書きがない。一人は文学青年で、もう一人は画家志望の青年。彼らは、明治時代の中で、肩書きのない名刺をもつ。一つの反抗の気分の現れだろう。二人はその名刺の交換で、一瞥のうちに相手が自分に似た反時代的な気分の持ち主であることを了解しあう。

ところで、肩書きのない名刺とは何だろう。それは、名刺をもたないということではない。ボルヘスの言葉に重ねるなら、「何者でもない」者としての自分をそこに提示するということである。単に何者でもないことと、何者でもない者として自らを提示することでは、名刺をもたないことと、「肩書きのない名刺」をもつことくらいに違うのである。私は、文学とは、自分にとっては相手から「肩書き」を抜き取る力だと述べたのだが、いま考えると、そこでいおうとしたことは、文学は何者でもない者たろうとする力なのであって、そうであることで、さまざまな領域のことがらから、その「専門性」ともいうべきものを取り外す、武装解除する、そして、それと裸形のもとに向き合う力なのだと、いうことだったのとわかる。

でも、それなら、anybody else にはならないのではないだろうか。それは、nobody ということなのではないだろうか。

私がそこで念頭においていたのは、たぶん、『アメリカの影』から『日本風景論』といった批評において遂行されていた自分の一九八〇年代の仕事である。そこで私は、政治学、国際関係論、歴史といった専門外の領域のことがらを、広く扱っているのだが、自分としては、それらを素材に、新しいタイプの文学批評を試みているつもりだった。自分がとりあげれば、歴史問題も、政治問題も、外交問題も、文学になる、そのような気概で、批評を試みていた。その脱意味化ともいうべき作業が、私のいう「風景化」ということでもあった。しかし、当時の領域侵犯的行為を、いま取りあげるなら、文学は、そこで「自ら何者でもないことができる」という力を行使し、さまざまな領域のことがらをいわば脱構築していたのだと、いうことになるだろう。

でも、いまなら私は、このことと、somebody else（何者かであること）を anybody else（何者でも構わないこと）に変える力は違う、というだろうと思う。そのことを足場に、その先に一歩を進めようとするはずである。

「忘れえぬ人々」で、主人公の大津は、後日、そういう表題で文を書こうとして、自分の見聞してきたいくつかの場面で見聞した何人かの人々を思い浮かべる。そこには多摩川沿いの宿での出会いも含まれる。読者は、当然のことながら、肩書きなしの名刺を交換した青年画家秋山が、そこに書かれるのだろうと思う。しかし、そこに書き込まれるのは、秋山、つまり誰でもない人（Mr. Nobody）ではなく、名前も知らない亀屋の主人——誰であっても構わない人（Mr. Anybody else）だった。そのように記して、この短編は終わっている。

「忘れえない人々」でも、anybody else（誰でも構わないこと）とは、何の変哲もない人としての「亀屋」の主人であって、何者でもない人としての秋山ではなかった。これを受けて、国木田は、ボルヘス同様、somebody else から anybody else への関心の移動を、いち早く、宣言しているようだ、といまの私なら、述べるのだろうと思う。

つまり、「何者でもない者」は、「何者であっても構わない者」ではない。肩書きのない名刺ということでは、私はそれがどういう名刺であるかを、よく知っているつもりである。これが先に述べたもう一枚の名刺の話だが、いちど駒場の近代文学館で、どのような展覧会のおりであったか、芥川龍之介の名刺が展示されているのを見たことがある。それが、文字通り、名刺に芥川龍之介とだけ記された奇怪な名刺であった。住所は記されていたかどうか。しかし肩書きは、たしかになかった。

そこには、漱石に嘱目されて登場した新進小説家芥川のあたりを睥睨するような気配が漂っていた。肩書きがない名刺をもつことが、どのような自己主張であるのかを知らしめるものがあった、といってもよい。とても anybody else どころではない。Mr. Nobody としての芥川が、そこにおり、文学者であることは世間にあって「何者でもないこと」だとの宣言が、あたりをなぎ払う凛然たる気配のうちに、響き渡っていた。つまり、そのことを考えてもわかるように、ボルヘスのいう「誰であっても構わないこと」とは、名刺でいうなら、肩書きのない名刺ではない、単に名刺をもたないことなのである。

2

この文章は、この後、さらに続くが、テーマは、では「誰であっても構わないこと」とはどういうことなのか、ということである。

私は、いま、文学の力は、この「誰であっても構わないこと」に肉薄することなのではないかと、思っている。そしてそれは、「何者かであろうとする力」はいうに及ばず、「何者でもない力」よりもさらに数等、高次の力なのではないかと感じているのである。

では、このボルヘスの言葉が指さす、誰であっても構わない力とは、どのような力なのか。

ジョルジョ・アガンベンがハーマン・メルヴィルの「バートルビ」をめぐって書いた著作のなかに、面白い表を引いている。出典はライプニッツの『自然の諸要素』で、次のようなものだ。

可能なもの	とは存在（ないし真として存在）	することができる	何かである
不可能なもの		することができない	
必然的なもの		しないことができない	
偶然的なもの		しないことができる	

（『バートルビー　偶然性について』）

この表のミソは、力能というものが可能性（できる）と不可能性（できない）だけではないことを示していることである。ライプニッツによれば、力能は、じつは四つの態様をもっているという。することができる、することができない、のほかに、しないことができない（必然性）、しないことができる（偶然性）がある。必然性と偶然性も、可能性、不可能性と同じカテゴリーに繰り入れられるのである。

この表を、ボルヘスの言葉に重ねて、次のように書き換えることができる。つまり、

可能なこと	とは	誰かであることができる	ことである
不可能なこと		誰かであることができない	
必然的なこと		誰かでないことができない	
偶然的なこと		誰かでないことができる	

と。この表を前にすると、「誰であっても構わない」力が、ここでの「誰かでないことができる」力、つまり「偶然的なこと」の項目に該当する力であることがわかる。「誰であっても構わない」力とは、まず、誰かでない、つまりsomebody elseではない――「何者か」ではない――ことによって、誰でも構わない、つまりanybody elseであるような、そんな力なのである。

この偶然性（contingency）の力について見ていくには、社会学での概念の変遷の後をたどるの

がよい。社会学でこの概念は、なにやら謎めいて偶有性と呼ばれたりもしているが、もとの英語は、偶然性と同じで、ここでは、コンティンジェントな力と呼んでおく。

このコンティンジェントな力が、どのように扱われてきたかを、社会学に沿ってみていくと、面白いことがわかる。

それは、まず力能ではなく、予測不可能な要素として受けとめられる。社会学者のタルコット・パーソンズは、個人間の相互行為では、自分の選択と相手の選択のあいだに「相互依存」の関係が生じうることに注目した。そして、自分と相手の行為の選択がお互いに依存しあい影響を与えあっている状態を「ダブル・コンティンジェンシー」と名づけた。不確定なお互いの予期が互いをあてにして行われている状態が、この言葉でいいあてられているのだが、これは、日本語だと「二重の条件依存性」となる。ここでこの不確定性は、システムの安定のためにはよくないものとみなされる。それで、パーソンズは、この不確定性を克服し予期の確実性を高めるために、双方が共有する規範が与えられることが必要だと考えた（『社会システム概論』）。

しかし、法社会学者のニクラス・ルーマンは、このパーソンズの二重の予測不可能性からなるダブル・コンティンジェンシーという考え方を、逆転してしまう（『社会システム理論』）。私は、この逆転が、社会学を面白く、ダイナミックなものにしていると思うのだが、この逆転の意味は、まだうまく社会学の分野で受けとめられていないようにみえる。

パーソンズが相互予期関係における相互依存を、不確定性の相互依存（ダブル・コンティンジェンシー）の状態から確定した要素の相互確認の状態に高めるために、システムに共通する規範が必要だと考えたのは、たとえていえば、同じ勝利という目標と共通するルール、共通するデータをもつ将棋の世界で、職業的な棋士たちが、十何手も先まで読んで、勝負をしていることを考えれば、容易に理解できることである。そこに共通する規範がなく、こちらが相手方の王将の打倒を試みているときに、相手がひそかにできるだけ歩の数を増そうと考えており、歩の数を多く取った方が勝利だと考えているとしたら、何手も先まで読むことも、ゲームも、ともに成立しなくなる。相互依存性の予期が有効であるためには、そこでルール（規範）が共通であることが必要である。

これに対し、ルーマンが行うのは、ここでの予想不可能性をシステムを不安定化させるマイナス要因と考えるのではなく、むしろ活性化させる創発的なプラス要因と考えてみようという発想の逆転である。偶然性を、確実性を減らし、システムの効率を損なうダメ要素と考えるのではなく、不確実性を増やし、システムに動態を生みだすプラス要素と考えようという。これは、言葉を換えれば、偶然性を力能として考えてみようということだ。これをルーマンは、「意味の拡張」と呼ぶが、拡張されているのは、偶然性というものの意味である。それは「不確定性＝確実性の欠如」という意味に加え、「不確定性＝創発性の力」という意味をもたされ、概念として拡張されているのである。

ルーマンが、偶然性を可能性（することができる）の否定であるばかりでなく、不可能性（することができない）の否定でもあり、さらに必然性（しないことができない）の否定でもあるといっているのは、そこで、ライプニッツを念頭に置いていたかとは別に、彼がライプニッツと同様に、あの四つの力能の関係を押さえているからである。ルーマンは、これを受けて、偶然性とは「他でありうる」可能性だというのだが、ライプニッツの先にあげた「することができる」(可能性)、「することができない」(不可能性)、「しないことができない」(必然性)、「しないことができる」(偶然性)は、ラテン語でいうと、potest, non potest, non potest non, potest non となる。偶然性の力とは、より正確にいえば、「しないことができる」力というべきなのである。

ではこの「しないことができる」力、「他でありうる」力は、どのようにシステムを活性化するのか。

それは、一般にルールがどのようにして活性化し、変容していくかを考えれば、すぐにわかる。ルールとはここでシステムのことで、これを変える偶発的な要素をもたらすもの、つまり偶発的な投企が、プレイである。そして、ルールは、プレイによって変わる。

野球を例に取ろう。私の考えでは、野球は当初、八人の左右対称の守備位置をもつゲームだったのだと思う。そこに最初から、変則的なショート・ストップという守備位置があったとは思われない。それは途中で加わったのである。理由は、打者に右利きが多く、打球が二三塁間に飛び、点数が容易に取れるためプレイの面白みが減ったからだ。二三塁間にショート・ストップを置いた方がゲームが引き締まるのではないか。——それで、守備位置は、左右対称ではない九つとなった。これはプレイが偶然性の介入、つまり偶発的な契機によってルールを変えた例である。

しかしそうすると、今度は左利きの左打ちバッターが重用されるようになる。三遊間、二遊間に比べ、一二塁間は大きく空いているからである。するとまた、さらに、その左打ちの選手に対処するために、左投げの投手も生まれるようになってくる。そのように、プレイのうちにあぶり出される（右利きが多く左利きが少ないという）偶然的な要素が、野球というシステムに、プレイとルール間の弁証法的なせめぎあいをもちこみ、プレイを、ゲームを、活性化し、それに新しい意味と創発性を与えるようになる。そのもととなっているのは、人間にたまたま右利きが多いという偶然性である。そしてその偶然性は、たぶん、人間の心臓が左にあるという、これも理由のない偶然性からもたらされている。地軸が僅かに傾いていることから四季が生まれてくるように、心臓が身体の中心線から左に外れて位置していることから、ゲームのダイナミクスが生まれてくるのである。

これとまったく同じことは、ソシュールの言語学におけるラング（言語のルール）とパロール（そこで話されるプレイとしてのことば）の関係についてもいえるはずである。ラングという言語のルールが変わるのは、そこに日々交わされる言葉（パロール）が、野球におけるプレイ同様、他でもありうる、しないことができる、つまりすることもしないこともできるという面白みの動態のうちに生きる——偶然性のうちに揺動する——からである。パロールにおいてラングが、コンティンジェントに生きられていることが、徐々にラングを動かしていく。それで、ソシュールは、ラングは、パロールの働きによって変わると考えたのだろうと思う。

3

ところで、社会学者たちとは異なる文脈に立つ前述の思想家ジョルジョ・アガンベンは、この「しないことができる」力から、アリストテレス経由で、非の潜勢力という考え方を取りだしている。アリストテレスは、「することができる」ことを、現勢態（エネルゲイア）と潜勢態（デュナミス）に分けたのだが、そこにあるのは「しないことができる」力への着目だというのが、アガンベンの考えである。だとすれば、単に「することができる」力よりも、「しないことができる」力のほうが高次の力だということになる。

じつのところ、何らかのものとして存在したり何らかの事柄を為したりすることができるという潜勢力はすべて、アリストテレスによれば、つねに、存在しないことができる、為さないことができるという潜勢力（デュナミス）でもある。そうでなければ、潜勢力はつねに現勢力へと移行し、現勢力と区別がつかなくなってしまうだろう（これはメガラの徒の主張であるが、『形而上学』第九巻でアリストテレスによってはっきりと反駁されている）。この「非の潜勢力」は、潜勢力に関するアリストテレスの教説の密かな要である。

（『バートルビー——偶然性について』十四-十五頁）

したがって、

建築家は建築することができるという潜勢力を、それを現勢力に移行させていないときにも保つ。キタラの演奏家がキタラの演奏家であるのは、キタラを演奏しないこともできるからである。同様に、思考は思考することができるとともに思考しないことができるという潜勢力として存在する。（同前、十五頁）

となる。アガンベンによれば、力能には、することができる力のほかに、しないことができる力があり、そのしないことができる力（非の潜勢力）は、することもしないこともできる力（偶然性の力）としてアリストテレスの、存在することができる力という概念（潜勢態《デュナミス》）のうちに存在している。彼は、こうしてライプニッツの偶然性を手がかりに、アリストテレスの潜勢力（潜勢態）の概念のうちに、その内奥にひそむいまだ十分に光をあてられていない重要な概念として、非の潜勢力というものを取りだす。でも、私としては、ここで、先の社会学者たちとも、アガンベンとも異なる方向に進み、偶然性の力とは、「することもしないこともできる」力なのだと考えてみたい。

文学の力とは、この「することもできるがしないこともできる」コンティンジェントな力のことであり、それを支えているのは、「してもよいがしなくともよい」コンティンジェントな自由なのではないか、そう考えてみたいのである。

それが、あの「何者か」であろうとするこれまでの「誰か」であることの文体に対して、自分は「誰でも構わない」ことに開かれた、「誰でも」の文体で書きたいのだ、と述べたボルヘスの言葉が遠く示唆している、未知の文学の力なのではないのだろうか。

じつをいえば、私は、こうしたことがらを、いま連載を終わろうとしている『有限性の方へ』と題する文学評論で考えた（『新潮』二〇一三年二月号〜二〇一四年一月号）。この評論の主題は、有限性の時代――世界が有限であることを前提とするいまやってきている時代――を生きる基本的な考え方とはどのようなものになるのか、ということである。

世界自然保護基金（ＷＷＦ）の二〇一〇年版『生きている地球レポート』によると、現在のアメリカの生活水準を全世界が享受しようとしたら、地球があと四・五個必要になる。日本並みの生活水準のばあいでもあと二・六個は、必要となるらしい。これは、このまま成長を続ければ、世界は破綻するということで、どこかで、考え方を根本的に変えなければ、もう人類が立ちゆかなくなるということを意味している。この「成長」至上の考え方に変わる考え方の基本となるのは何だろうか。

そこから、「することができる」成長の原動力に対しての、「することもできるがしないこともできる」いわば脱成長の力として、コンティンジェントなあり方が、私にやってくることになった。

そこでのポイントの一つは、この「することもしないこともできる」力が単に「することができる」だけの一方向性の力よりも、はるかに強い、高次の力だということである。どのように高次かということは、「することができる」だけでなく、「しないことができる」力もなければ、ロボットに壊れやすい卵をつかませることができないという一事を考えただけで、わかるだろう。壊れやすいものを扱うには、そのことを感知し、力を弱める必要がある。力を調整する必要がでてくるが、力をコントロールするにはより高次の力がなければならないのである。

「することができる」力は、「したい」という欲望に促された、それを実現しようとする一方向性の力であり、そこでの欲望と力能の関係は、欲望>力能なのだが、いまやこの欲望と力能の関係は、ときに逆転し、力能>欲望とさえなっている。若い國分功一郎は、こういっている。

> こう言ってもいいだろう。「ゆたかな社会」、すなわち、余裕のある社会においては、たしかにその余裕は余裕を獲得した人々の「好きなこと」のために使われている。しかし、その「好きなこと」とは、願いつつもかなわなかったことではない。（『暇と退屈の倫理学』傍点原文）

ここでは、もう、できないことが、したい、という構造が失われている。したいから、するのですらない。「何をしてもいい」。力能と可能性は開かれているのだが、「何もすることがない」。そういう欠落感が問題となっているのだ。

「することもできるししないこともできる」コンティンジェントな力は、このような社会の変化にも対応できる、しかも有限性の時代に同調した、新しい高次の力能でもある。

これまで、成長一辺倒の近代的な「することができる」力に対抗するものは、「しないことにしよう」というどちらかといえば反近代的な成長力の抑制だったのだが、ここにあるのは、むしろ脱近代的ともいうべき、「しないことができる」という別種の、偶然性に基礎をおいた異質な力なのである。

でも、「することもできるししないこともできる」ことの自由、そういう自由のなかで行使される力とは何か、ということまで考えて、私は一種、不思議な気持ちを味わうことになった。

私は、一度、そういうものこそが、文学の力だと、可誤性という概念のもとに、考えたことがあったと、思い出したからである。

もうだいぶ昔のことだが、そこに私は、こう書いている。

ドストエフスキーの『カラマーゾフの兄弟』の「大審問官」の章で、大審問官がキリストに、十字架に架けられたとき、お前はなぜ、民衆が十字架からおりてみせろ、そうすればお前を神の子と信じてやるといったのに、そうしなかったのか、ときく。そしてその理由を私は知っているゾ、という。それは、民衆の一人一人が、いわば自らリスクを冒して自由におまえを信じることを、欲したからだ。人々が奇跡を見せられ、奇跡の奴隷となって安全な仕方で自分に帰依するようなあり方を、欲しなかったからだ。

むろん大審問官の揚言はこの後、しかし、お前は間違っている、人間はそういうささえのない自由にはたえられないからだ、と続く。

作中語られる大審問の詩劇では、これに対し、最後、キリストが大審問官への接吻で答えるのだが、このようなキリストの考え方、あり方にふれて、私は、ここにあるのが、文学の力なのではないだろうか、と考えた。このあり方を文学のもつ可誤性と呼び、現象学における不可疑性と対比して、こう述べている。

ここにあるのは、あの誤りうることが正しいことより深い、というドストエフスキーの直観が彼（劇中のキリスト――引用者）にたどらせた、たぶん最深の定言である。（中略）文学は、誤りうる状態におかれた正しさのほうが、局外的な、安全な真理の状態におかれた、そういう正しさよりも、深いという。深いとは何か。それは、人の苦しさの深度に耐えるということである。（中略）誤りうるかぎり、そこには自由があり、無限があるのだ。現象学が教える不可疑性は、やはり誤りうることの中におかれた思考法だが、それでも、それとこの文学の可誤性のあり方の間には、あの善人なおもて往生をとぐ況んや悪人をや、という親鸞の『歎異抄』の中の言葉における、善人と悪人ほどの違いがあるのである。

（「戦後後論」『敗戦後論』所収、一九九七年）

人は、あることを行うのに、それをすることもできるししないこともできるというなかで、行うばあいがある。また、単にそれを行うことができるというので、行うばあいがある。ここにあるのは、パーソンズからルーマンへの「意味の拡張」の場面でもある。そのばあい、パーソンズは大審問官にも似て、人間には不確定性を自由と受けとる器量はない、システムの安定のためには共通の規範の度合いを高めなければならないと、いわば一方向的に堅苦しく考えるのだが、ルーマンは、キリストにも似て、それでは、人間のふるまいを必然の奴隷の系列で考えることになってしまう、個人の信従のコンティンジェントなあり方のうちにこそ、後者の必然の奴隷としてのふるまいにはない自由と、意味と、価値があるのではないかと、むしろカジュアルに、その意味を「拡張」するのである。

ルーマンふうにいえば、「大審問官」の章のキリストは、人が自分をコンティンジェントに――信じることとも信じないこともできる開かれた自由でリスクあるあり方の中で――信仰し、自分に帰依することを望む、といっている。そしてそれを「自由な信仰」と呼んでいる。

大審問官はいう。キリストよ、結局おまえは人が奇跡の力で自分に帰依することを欲しなかった。だから十字架にかけられたとき、多くの人が下りてみせよといったのに、そうしなかったのだ。

> つまり、例のごとく、人間を奇跡の奴隷にすることを欲しないで、自由な信仰を渇望したから、おりなかったのだ。おまえは自由な愛を渇望したために、一度に人を慴伏させる恐ろしい偉力をもって、凡人の心に奴隷的な歓喜を呼び起こしたくなかったのだ。
>
> （『カラマーゾフの兄弟』米川正夫訳、傍点引用者）

このコンティンジェントなあり方が、奇跡をみせられ、やっぱりキリストは神の子だと思い、そのキリストに帰依する人々の安全な「自由のない信仰」と、対比されていることがわかる。

私が可誤性と呼ぶのは、人がコンティンジェントなままに――正しいかもしれないし、誤っているかもしれないというささえのないあり方のなかで――物事を考え、ことに処すことのうちに現れているある実存的な態様のことだったのだが、走路を一周した後、もう一度、私はその自分の考えに出会うことになったのである。

さて、私の現在の力点は、こういうコンティンジェントなあり方のなかで何かを「決定する」ということにはない。こういうあり方のなかで、「生きる」ということのほうにある。欲望は人間にとって大切な要素である。私たちはこれを否定すべきではない。否定してはならない。しかし、だからといって、これに盲従しなければならないというわけでもないし、盲従する以外の対し方がないというのでもない。

私たちは、欲望と、コンティンジェントな関係をもって生きることができる。欲望に応じて気持ちよく生きることもできるが、欲望に応じずに気持ちよく生きることもできる。同じように「誰か」であろうとして生きることもできるが、「誰か」でないままに生きることもできるだろう。

ボルヘスは、こういう場所で、自分は、「とてもうまく書かれているので誰も自分が書いたとは思わないような本を一冊、書いてみたい」。「自分ではない他の『誰か』の文体ででではなく、自分以外の誰もに開かれた『誰でも』の文体で、本を一冊書こうと思うのです」といっているのではないだろうか。

むろん文学とは、何者かであろうとする力である。でも、この何者かであろうとする力は、けっしてそのことに自足して安んじることはない。今度は、その何者かであろうとすることを革新し、拡張し、そのむこうに行こうとするだろう。

では何者かであろうとすることの彼方には何があるのだろうか。

そこには、「魂」というものが揺動しているのかもしれない。

そうではないのかもしれない。

わたしにはわからない。

いまは、文学の力を、この「誰でも構わないこと」にひらかれた、たえず偶発的な要素に揺動されることのうちに、見ておきたいと考えている。

金 貞淑

漱石文学の翻訳をめぐって
――風土を超えて生きる文学の力とは何か――

「モチ」がまいた種

アンニョンハセヨ？　今日は、昨年韓国で出版した七冊目の漱石作品の翻訳、『門』の韓国語訳をしながら苦心したことを中心に、何をどう訳したか、あるいは訳せなかったか、という実例をあげて話しながら、韓国の読者にどのように読まれているかなどを紹介していきたいと思います。そして、時代や文化を超えて、韓国の読者に共感を呼び起こす漱石文学の力とは何かについて考えてみたい。まず、私と漱石文学との出会いから話を進めていきたいと思います。

私が漱石の作品を初めて読んだのは、中学校三年生の時でした。当時、大学生だった一番上の兄の本立てにあった世界文学全集の中の一冊でした。これは韓国で最初に翻訳された漱石文学で『吾輩は猫である』と『坊ちゃん』ですが、本のタイトルは『吾輩は猫である、その他』でした。『吾

輩は猫である』、韓国語では『나는《ナヌン》 고양이다《ゴヤンイダ》』というそのタイトルがとっても面白く感じられて、読む気になりました。しかし、その作品の世界が中学校三年生に理解できるはずがありません。目を通したくらいでしょうが、ただ一つ、長らく頭の中に残っている場面がありました。『吾輩は猫である』二章には、猫が台所で器の底に残っているお雑煮を食べようとしたところ、もちが歯について大騒ぎをする場面があります。その場面です。漱石はとってもユーモラスに描いていますが、残念ながら当時の私には、そのユーモラスさよりも、なぜお正月もちが歯についたくらいであれほど大変だと騒ぐのか、それがとっても不思議でした。韓国も日本のように正月にお雑煮を食べる習慣があります。しかし、同じ正月もちでも韓国のそれはもち米ではなく、お米で作りますから、さっくりとしていて噛み切りやすいものですし、大きさも小さい上に薄いので、もち米で作る大きな日本の正月もちとは違うのです。これを翻訳者が注釈を付けずに、そのまま韓国の正月もちである「떡국《トッグク》」に訳しましたので、てっきり韓国風のおもちのように考えたのです。その謎が解けたのは、実に二十年くらいの年月が経ち、それも日本に留学してからのことで、日本のおもちというのは、猫どころか、人が食べても喉にひっかかるほど粘りのあるものでした。

今あげたお雑煮のことは、異なる文化が生み出した外国文学を正確に伝えることがいかに難しいかを示す端的な例です。しかし、「떡국《トッグク》」に訳されたお雑煮の違和感がなかったならば、私と漱石文学との出会いは存在しなかったし、漱石研究をテーマに、大学から大学院に至るまでの長い留学はありえなかったと思います。その点、たまには不親切な訳もいいと思うところです。

理想的な翻訳者の条件

さて、漱石文学の翻訳という本題に入る前に、ここで若干〈翻訳〉とは何なのかについて考えてみます。翻訳というと、ただ原文を他の言語に移し直すに過ぎない、意味さえ伝わればいいと思われがちですが、情報やメソッドなどを伝えることを目的とした実用書ならともかく、人間の心の問題を追い求める文学作品の場合には、全く話が違ってくるのです。結論からいえば、それは、原文に新しい命を吹き込む〈創作的な作業〉であるということです。

私は今〈創作的な作業〉だと言葉を選んで使いました。なぜ〈創作〉ではなく〈創作的〉なのかといいますと、翻訳には原文があって、小説家のように自分の思いつきを好き勝手に書くわけにはいかないからです。よくいわれる「直訳か、意訳か」の問題も、この原文を訳者がどのように読んで、その訳文を読む人にどのように伝えるかに関わるもので、翻訳者が原文に一体化しすぎて訳した場合は、背景になっている異文化やその国独自の表現などが読者に伝達不可能、理解不可能な翻訳になりかねません。逆に、読みやすい訳を心懸けて、自分の考えを入れ過ぎると今度は原文とは懸け離れてしまいます。このジレンマは、翻訳者ならば誰もが抱えている悩みだと思いますが、私の場合は翻訳を行う時の原則として、何よりもテキストに忠実であること、原作のもつ雰囲気や文章のリズムのようなものを自然な形で韓国語に訳すことに心懸けています。

直訳か意訳かについては、幸いにも、韓国語と日本語は言語の構造が非常に似ていて、漢字や敬語の使い方、言い回しの発想もかなり類似しているので、それほど問題になりません。しかし、文化的な背景が異なる日本語が何の抵抗もなく韓国語に訳せるか、ということになると話はまた別です。

私が思う理想的な翻訳者の条件は、大抵四つのものにまとめられると思います。それは、語学力、文化への深い理解、読解力、そして翻訳者と作品の間にある関係の明確さです。まず、第一に語学力です。これは基本的に必要なものですが、並のレベルのものではなく、外国語のすぐれた理解力と母国語での卓越した表現力を備えた言語感覚が必要です。次に、言語やその言語が使われている地域および作品の背景になっている文化全般への深くて広い知識です。それから、何よりもテキストを深く読み、作者の意図を正確に理解する能力です。それから、この作品を選んだ明確な理由など、訳者と作品との関係性をはっきり持つことです。これらの条件が相まってこそ質の高い訳が生まれ、たとえ、外国文学であっても、訳されたその国の国語によるもう一つの芸術作品として長く広く読まれていくのではないかと思います。

以上が、私が思う理想的な翻訳者の条件なのですが、かくいう私自身、翻訳者としての自分を振り返った時には、足りないことばかりで、恥ずかしい限りです。

『門』の特徴

作品の理解のために、『門』の作品世界を特徴づけるものに少し触れてみます。前作の『それから』が刺激的で躍動感があり、明るさと暗さがバランスよく混じっているのに対し、『門』の世界は極めて平凡で暗くてじめじめしており、事件らしいものもほとんどありません。物語はある晩秋の日曜日からはじまって翌年の初春の日曜日まで、半年足らずの短い時間の中で、過去に怯えながら生きている平凡な夫婦の幸せと不安を描いたものです。後半に彼らの過去の全貌が暴かれるまで、作品の世界は伏線と暗示、象徴などでサスペンスとともに緊迫感を与えています。まるでカメラで写真を撮るように鮮やかに描かれる夫婦の日常生活を秋から冬、冬から春という季節の移り変わりに一致させながら、水彩画のように淡々とした文体で作品を描き出しています。『門』という小説の魅力とは、実にこの文体からくるもので、例えば、吉本隆明氏は次のように指摘しています。

> 漱石で何がいちばん好きかと訊かれたら、ためらわず、『門』と答えます。何より、冒頭がいい。宗助が縁側でごろんとなって、空を見上げる。妻の御米が障子のむこうで、縫物をしている。宗助が、「近江」のオウはどういう字だったかなと訊くと、御米が障子をあけて、物差しで「近」という字を書いてみせる。だれにでも思いあたるところのある、ひっそりした日常性のひと駒がいいです。
>
> 　あのひっそりした感じは、大江健三郎の翻訳文体では描けないし、川端康成のあのいかにも日本語日本語した文体でも書けない。あれは、近代日本語の一つの達成、とさえいえると思います(1)。

このような「文体」に対する絶賛は吉本氏に限らず、村上春樹氏もあるインタビューで、『門』の近代的で明晰な文体に感銘を受けたと述べ、『ねじまき鳥クロニクル』を書けたことも『門』を読んだから可能だったと話しています。(2)「文体」以外の大きな特徴としては、晩年の作品『道草』につながる日常世界を生きる人々の凡俗な生活や自然の運行と循環、象徴性と伏線などが取り上げられるでしょう。話はこのように簡単なものですが、作品の奥行はさておき、例えば、日常性や自然の変わり目などは、日本的な風俗や生活習慣が背景になっており、気候も日本独自の風土と深く関わっています。

この作品は明治四十三年（一九一〇）三月から六月まで朝日新聞に掲載されました。作品上の現在は一九〇九年の秋から翌年の春までです。今から百年も前の時代で、その時代の文化すべてに対する深くて広い知識がなければ正確な訳や雰囲気などが伝わりません。また、今は使っていない日本語もかなりあり、当然、生活様式も多く変わっています。『門』の翻訳に夢中になっていた一昨年の春は、私は二十一世紀に住みながら、百年前の明治時代に住んでいました。これは他の漱石作品を訳す時とはまたひと味違った体験で、『門』の背景に同時代の生活風俗がそれほど大きく関わっていたことを物語ってくれます。

自分の文体を摑むまで

それらをどのように韓国語に訳したかは、後ほど触れることにして、まず、肝心の〈文体〉をいかにして自分の文体として摑んで訳したかということから話を進めます。漱石文学の文体を考える時、自分が一番大事に思う要素は〈リズム〉です。これは留学生時代、日本語を学ぶ際のテキストの一つだった『坊ちゃん』を声に出して読んだ時の発見でもあります。ここには、漱石が幼い頃から通った寄席で吸収した落語などの影響があり、初期の作品では一人称の語りによってリズムにあふれる軽妙な文体を作っています。後に、一人称の語りでの語りかけの方法は見られなくなりますが、だからといって、リズムがなくなったわけではありません。漱石の全作品にはリズムのようなものがずっと流れていて、読者を力強く作品世界に引き込んで行きます。『門』も例外ではなく、例えば、執拗なほど繰り返される日暮と夜明け、就寝と起床の描写は物語全体の流れに即した一種の独特なリズムを作り出しています。


a：「おい、好い天気だな」と話し掛けた。細君は、

「ええ」と云ったなりであった。宗助も別に話がしたい訳でもなかったと見えて、それなり黙ってしまった。しばらくすると今度は細君の方から、

「ちょっと散歩でもしていらっしゃい」と云った。しかしその時は宗助が唯うんと云う生返事を返しただけであった。（一）

（以下引用の傍線は筆者による。テキストは昭和六十一年版新潮文庫。かっこ内の数字は章番号。）

b：「여보、날씨 한번 좋다」

소스케가 말을 걸었다。아내는「예」라고만 응수했다。소스케도 이야기가 하고 싶어서 말을 꺼낸 게 아니었으므로 그대로 입을 다물고 말았다。조금 있자 이번에는 아내 쪽에서「잠깐 산책이라도 하고 오세요」라고 말했다。그러나 그때는 소스케가 건성으로「응」하고 대답했을 뿐이었다。

これは、人口に膾炙する冒頭の牧歌的な場面です。aは原文、bは私の韓国語訳です。ハングルの方は、眺めてくださると、原文の地の文と会話の文は区別ができるはずです。原文の会話文には、会話が終わると、傍線で見られるように必ず「〜と」いう前の内容を示す助詞が付けられています。そして改行せず、叙述が続き、それから行を変えて、また同じパターンが繰り返されています。日本語の流れとしては何の問題もありませんが、これをこのまま韓国語に訳すと、まず文章がくどくなります。特にこの作品ではじめて現れる夫婦の会話は、作品全体の夫婦像のイメージに大きく関わります。そこで、原文の意味を損なわない範囲の中で、「おい、いい天気だな」という会話だけを全面に出した後、改行して、主語をいれて「宗助が話をかけた」という述語をつけました。そして後に続く会話と叙述は全部地の文に入れて、リズム感とともに仲のいい夫婦像が明確に浮かび上がるように心懸けました。もう一つの例を見てみましょう。お米の勧めで宗助が散歩に出たくだりです。

其所《そこ》に気の付かなかった宗助は、街の角まで来て、切手と「敷島」を同じ店で買って、郵便だけはすぐ出したが、その足で又同じ道を戻るのが何だか不足だったので、啣《くわ》え烟草《たばこ》の烟《けむ》を秋の日に揺《ゆら》つかせながら、ぶらぶら歩いているうちに、どこか遠くへ行って、東京と云う所はこんな所だと云う印象をはっきり頭の中へ刻み付けて、そうしてそれを今日の日曜の土産《みやげ》に家へ帰って寝ようと云う気になった。(二)

長い一続きの動作が目の前に浮かぶようになっています。しかもそれは一つの文としては長い文章を持ってのことです。なんの違和感もなく自然とできるこういう文体に漱石のすごさを感じるところですが、これを韓国語に訳してみると、この一続きの動作が一つの文につなげられているそのかなめのところがどうしても自然につながらない。そこで長文を四つの段落に区切りまして、動きつづける様子が自然に浮かぶように工夫しました。

このようにして作品全体の文体を作りましたが、それを摑むまで、原文のどこを区切り、省略し、付加するのか考え続けました。「文体」に対する読者の反応を引いてみましょう。

이 「문」 이 가진 큰 매력 중의 하나는 문체다。 담담하면서도 눈앞에 그려지는 듯한 섬세한 묘

사와 표현력은 가슴을 두근거리게 만들었다。(この「門」がもつ大きな魅力の一つは文体である。淡々としながらも、目の前で描かれるような繊細な描写や表現力に胸が騒ぐようであった。)

(以下、感想文の引用はblog.naver.comによる)

「住まい」という文化

次に、宗助夫婦の生き方を際立たせる日常生活のことです。つまり、彼らが住んでいる家、食べている食べ物、着ている服、使っている調度品、さらに年中行事など、日本の風土が長い年月の暮らしの中で築きあげられた〈生活文化〉です。その伝統的な〈生活文化〉をどのように韓国人に伝えるか。注釈という方法がありますが、これは限がなく、多分訳全体が注釈でぬりつぶされ、注釈が多いと語りの流れが中断される危険性があります。注釈の代わりになるような言葉を探し、何とか分からせることも翻訳者の力量にかかわるものでしょう。ですから、私の場合、注釈はどうしても韓国語で対応できない場合に限ります。例えば、冒頭で宗助が「近江《おうみ》」の「オウ」を聞く部分は音読みだけの韓国語では理解できないので、「近江」の韓国風の音読みである「근강《クンガン》」として訳し、注釈を付けました。

さて、『門』の翻訳をしながら最も苦心したのは、日本の伝統的な家屋の構造をいかにして伝えるかの問題でした。この作品の舞台はほとんど主人公が住んでいる家の中です。

ご存知のように『門』の宗助達は、崖の下の家に住んでいます。この陰気な上にいつ壊れるか分からない不安定な崖の下の設定は、やがて徐々に語られる過去とともに、彼らの現在の精神的な状況を映し出す象徴的な役割をしています。『門』の世界を「空間」から読んだ前田愛氏が描いた間取り図によれば、(3) 部屋の広さは、作品上に名づけられている六畳の居間以外に、座敷は八畳、茶の間は六畳、女中部屋は三畳の形になっています。今にも通じる日本の典型的な都市庶民家屋の形です。部屋の外回りには当然縁側があるし、襖や障子で仕切られている部屋には畳が敷いています。このような日本の伝統的な家屋づくりは、基本的に暑くて湿気の多い気候を考えての工夫ですが、代わりに冬はとても寒いです。『門』の中で寒さに対する描写が目立つのは、こういう家の作りも多く影響していると思います。それに比べると、韓国の伝統的な家屋づくりは基本的に冬向きで、寒さに耐えるような工夫が目立ちます。また、家の構造は、地域や身分によって差はありますが、大抵昔からの伝統的な庶民の家屋は〈漢数字の一の形〉に沿って、部屋が一列に並んでいます。右に台所、台所の隣に「안방《アンバン》」という日本の茶の間のような家庭の中心空間、その向かい側に「사랑방《サランバン》」という一家の主が住む空間といった配置になっています。そして、その「안방」と「사랑방」の間には「대청《テチョン》」と呼ばれる床があって、夏はそこで過ごします。

このように全く異なる日韓の家屋の構造のところに、韓国の読者に宗助が住んでいる家をうまく伝えられるか。殊に彼らの家は作品の内実と深く関わっています。はじめは韓国語で対応できるイメージを考えまして、茶の間は「안방」、座敷は「사랑방」という、日本と似ている機能を持つ部

屋の言葉に書き換えました。特に「안방」は、悲しいドラマの場合、「茶の間を泣かせた」という日本語の表現が、全く同じ意味で「안방을《アンバンウル》 울렸다《ウルリョッダ》」、つまり「안방《アンバン》を泣かせた」として使われる程、その役割は茶の間と似ています。しかし、似ていながらも、やっぱりお互いの文化は違うものでして、韓国の「안방」の場合は、家族が集まって食事やお茶を飲みながら休むだけではなく、一家が寝る寝室の役割も果たしています。それに対し、小説の中で、宗助夫婦が寝ている部屋は主に八畳の座敷です。ですから、茶の間を韓国の「안방」のイメージに生かすことは無理でした。座敷を「사랑방」に書き換えることにも同じことが言えます。韓国の「사랑방」のイメージは、お客を接待する機能を持つ面では日本と似ているが、一家の主、この場合の主はほとんど祖父を指しているので、お爺さんが寝起きをする空間、つまり祖父の部屋のイメージが強く、『門』の中の日本の座敷のイメージに符合しませんでした。後にある友達から聞いたのですが、友達が祖父と一緒に住んでいた幼い頃、お爺さんは寝起きも含め、終日座敷で過ごしていたそうです。友達の記憶を聞くと、日本の座敷の役割も韓国の「사랑방」の役割と本当に似ています。そこから考えますと、『門』の中で宗助夫婦が座敷で寝起きをしているのは、家が狭いという理由よりも祖父不在の、核家族の到来を告げる、つまり、新しい時代の、近代家族の始まりを告げているのではないかという気がします。

　とにかく、いろんな挫折の末、閃くように思い付いたのが、「そうだ、無理矢理に訳すより訳せない限界の方に焦点を当てて、異質の文化をあるがままに移してみよう。そちらの方が読者にも理解しやすいだろう」ということでした。それで茶の間、座敷、六畳の居間などを固有名詞として生かしました。もちろん簡単な注釈を付けましたが、より仔細な説明は訳者の後書きの中で苦労話とともに書きまして、読者がより理解できるように努めました。この体験は異国的な要素を韓国語にいかにして生かせるかの問題として、深く考えさせられました。次は、日本の家屋に対する読者の反応です。

이 소설의 매력을 또 하나 언급하자면, 당대 일본의 현실이 여기저기 섬세하게 묻어난다는 점이다。가옥의 구조、관습、놀이 등 이러한 당대 현실을 드러내는 지표들은 소설에 크나큰 리얼리티를 줌과 동시에 일본 고유의 전통이 묻어나 즐거웠고 흥미를 느끼게 만들었다。특히나 소설에 등장하는 주 장소인 일본 가옥은 그 구조가 색달라 실제로 한 번 봐야겠다는 생각이 들 정도였다。(この小説の魅力をもう一つ挙げると、同時代の日本の現実があちこち繊細に描かれている点である。家屋の構造、習慣、年中行事など同時代の現実を表す指標は、小説に大きなリアリティーを与えると同時に、日本固有の伝統について興味を持たせた。特に小説の舞台である日本の家屋はその構造が我が国と異なっていて、いつか機会があったらぜひ見に行きたいと思うほどであった。)

ありがたいことに、他にも似たような感想が多くありました。

親族関係の言葉

次に、宗助夫婦が住んでいる家とは逆に、目に見えない形で伝統を引き継いでいる文化的要素をどのように訳したかについて触れてみます。崖の下の家で夫婦だけの密室のような日常を営んでいる宗助夫婦のところにさざ波を立たせるのは弟、小六の存在です。宗助は父の遺産の管理を任せた叔父の家に小六も頼んでいたのですが、叔父が死んでから家の経済が傾いて、宗助が引き取らなければならなくなります。そして、この小六の学費問題は小説のあらすじの展開の軸になって、叔母や従兄など親戚関係が浮き彫りになる形をとっています。

「おい、佐伯《さえき》のうちは中六番町何番地だったかね。」と襖越しに細君に聞いた。
「二十五番地じゃなくって」と細君は答えたが宗助が名宛《なあて》を書き終る頃になって、
「手紙じゃ駄目よ、行って能《よ》く話をして来なくちゃ」と付け加えた。（中略）
「姉さん、兄さんは佐伯へ行ってくれたんですかね」と聞いた。（一）

ここでいう佐伯とは宗助の叔父で、父の存命中、よくお金をせびりにきた父の弟です。ところで、宗助の苗字は「野中」です。なのに、なぜ叔父の苗字が佐伯でしょうか。日本人ならば説明するまでもなく、すぐ、「あ、佐伯家に養子に行ったんだな」と合点するでしょう。この事柄自体は物語の上で何の意味もないので、そのまま「野中」にしてもよかったと思いますが。幼い頃養子に出された漱石先生のトラウマが働いたのか、日本の親戚関係ではよくある事柄を入れることで、より自然な作品世界を描こうとしたのか、どちらかでしょう。

　韓国でも養子制度はありますが、あくまでも父方系の血縁であって、苗字が違う非血縁との養子縁組は考えられません。まして苗字を変えることは想像もつかないでしょう。韓国人がよく使う悪口に「苗字を変えるやつ」、あるいは、固く約束を交わす時に「もしこの約束を守れなかったら自分の苗字を変える」という言葉があるほどです。また話題の中であろうとも、叔父の家を苗字だけの呼び捨てで指すこともありえないことです。そこで、先ほど触れた住まいの訳とは反対に、佐伯の家は全部韓国で叔父の家を指す時の言葉、「작은집《チャグンジプ》」に統一しました。ですから、私が訳した『門』の中には佐伯の〈サ〉の字も出てきません。また叔父の家を指す「작은집」という言葉と関連して、会話の中では叔父を呼ぶ時の一般的な呼称である「작은아버님《チャグンアボニム》」に、地の文では原文に書いている叔父、この場合の叔父はその漢字の音読みであり、「작은아버님」の特別呼称としても使っている「숙부《スクブ》」という韓国語に使い分けて、韓国的な自然さを図りました。他の親族の呼び方、例えば、お米が夫の弟をいつも「小六さん」と名前で呼んでいることも、「도련님《トリョンニム》」という、夫の未婚の弟を呼ぶ時の呼称に従いました。

　日本の親族用語はごく簡単で、父方系と母方系が区別なしに全部お爺さん、お婆さん、あるいは叔父さん、叔母さんと呼ばれていることに対し、韓国の親族用語は、今ちょっと触れたようにとっても複雑です。その背後にある日韓の家族制度を語る余裕は今ありませんが、養子縁組において、日本は「非血縁」でも養子になれるし、苗字も変えられることに対し、韓国ではそれが全く考えられないというところに解答があるのではないかと思います。親族用語の他、叔母と宗助、叔母とお米、宗助と小六が会話を交わす時の言い方も、目上と目下の間柄で使う韓国の話法を用いりました。親族関係に限っては、日本の文化を韓国風に紹介したことになります。また話を宗助夫婦の住まいのことに戻しましょう。

百年前の庶民の暮らしぶり

勝手では清が物を刻む音がする。湯か水をざあと流しへ空《あ》ける音がする。「奥様これは何方《どちら》へ移します」と云う声がする。「姉さん、ランプの心《しん》を剪《き》る鋏《はさみ》はどこにあるんですか」と云う小六の声がする。しゅうと湯が沸《たぎ》って七輪の火へ懸った様子である。（二）

日常生活のひとコマがまるで目の前に浮かぶかのように実に細かく、実に繊細に描かれています。日常生活に対する漱石の眼差しがとっても深化されていることを考えさせられます。ランプ、七輪、ちゃぶ台、火鉢、鏡台など同時代の生活用品が小道具として多様に用いられて、作品によりリアリティーを与えています。象徴性に富んでいるこの作品の特徴から小道具の意味をもっと深く読むと、例えば、ランプは、夫婦の魂の一体化を、火鉢は夫婦の仲睦まじさを、ちゃぶ台は夫婦の幸せを象徴しているように思われます。

小道具の模様を『漱石全集』の注釈の項目や風俗辞典、ネットなどで確認して、作品上、小道具に漂う雰囲気を掴むことができました。そして、小道具が用いられる日常の暮らしぶりの場面は、訳すのにあまり問題がなかったのですが、例えば、「宗助は下目を使って、手に持った小楊枝《こようじ》を着物の襟《えり》へ指した」(四)、あるいは、お米が出勤する夫の世話をする場面で「「もう御年の所為《せい》よ」と云って白い襟《えり》を後へ廻って襯衣《シャツ》へ着けた。」(五)など、生活習慣になると、全く情報を得られず、理解不能でした。女性の服の流行に対しても同じことが言えるでしょう。宗助と恋に落ちる前のお米が着たきものの描写の中に、「粗い縞の浴衣」という表現が何回もありました。同時代の女性のきものの流行じゃないかと気かかりになって調べましたが、これも全く謎でした。皆様はご存知ですか。今日講演を聞きに来られたお土産としてお教えしましょう。「粗い縞の浴衣」は同時代、若い女性が決まって着ていたものでした。年配の女性は、細かい縞の浴衣を着たそうです。それにしても若さと老いをよく考えての模様ですね。

日本で日本文学の翻訳をする時のメリットとは、何と言っても、分からない時、助けてくれる協力者がすぐ傍にいるということです。私には幸いにも心からの協力者が多く、幸せです。今度もそういう協力者軍団に多く助けていただきました。そして掴んだイメージをもとに、先ほどの理解不能の部分を「宗助は下目をしたまま、手に持っていた小楊枝を後にも使おうと思い、着物の襟へ指した」、「ワイシャツの首に重ねってつける強い白い襟を襟首の後ろへ廻ってつけた」というふうに韓国語で訳し、どうにか雰囲気を分からせようとしました。当時の生活習慣だけではなく、日本人は暗黙のうちに知っていることでも、韓国人には意味が通じない事柄の場合、このような方法は、注釈なしに何とか分からせる手法として、この度よく使いました。

しかし、どんな手を使っても、翻訳不可能なものもありました。庭に泥棒が入ったことをきっかけに崖の上に住んでいる家主の坂井家と親しくなった宗助は、ある日、坂井家で甲斐の田舎から反物を売りに来ている男に会います。漱石はこの男の頭の模様をさりげなく、「赤くてばさばさした髪の毛と、その油気のない硬《こわ》い髪の毛が、どういう訳か、頭の真ん中で立派に左右に分けられている様を、絶えず目の前に浮かべた」（十三）と書いています。これは後に語られる過去の話の中で、お米を奪った友達、安井の髪スタイルと同じスタイルで、いわば、伏線です。そして、彼からお米のために銘仙を安く買った宗助が家に帰ってお米にそれを渡すと、お米が「安い安い」と喜びます。値段が安いという形容詞ですが、その音は元の夫の名前と同じです。これもやはり過去に対する伏線ですが、同音異義のこの表現は、どうしても伝達できませんでした。

次に、今は完全に消えている言葉を見てみます。

言葉の浮沈

①宗助は玄関から下駄を提げて来て、すぐ庭へ下りた。縁の先へ便所が折れ曲がって突き出しているので、いとど狭い崖下が、裏へ抜ける半間程の所は猶更狭苦しくなっていた。御米は掃

除屋が来るたびに、この曲がり角を気にしては、「彼所《あすこ》がもう少し広いと可いけれども」と危険《あぶな》がるので、よく宗助から笑われた事があった。（七）

②その時向こうの戸が開いて、紙片《かみぎれ》を持った書生が野中さんと宗助を手術室へ呼び入れた。（中略）書生が厚い縞入りの前掛けで丁寧に膝から下を包んでくれた。（五）

①で私を悩ませたのは「掃除屋」です。どうも変。宗助は穴が空いている靴を新しく買う余裕がなく、雨の日はいつも靴下が雨で湿っているほど経済的に余裕がない暮らし向きです。なのに「掃除屋が来るたびに」と書いています。他の意味で使っているだろうという見当はつきましたが、その後は全く分からなく、これまた謎でした。いろんな資料を調べてもどこに隠れているのやら、全然出てきません。また協力者に走り回ったところ、なんと、「汲み取り屋さん」ではありませんか！　今は「汲み取り」という言葉でさえも分からなくなっている上、「掃除屋」という恰好いい言葉ですので、私のような外国人が分かるはずがありません。けれども、「掃除屋」という名前はよく考えたものです。いつからその格好いい言葉が「汲み取り屋さん」という生々しくてリアルな言葉に変わったでしょうか。その言葉の変わり目に、これまた、時代の変化が影響しているのではないか、という気がしてなりません。余談ですが、その後、当分の間は、日本の友達に会ったら「掃除屋が何か分かる？」といったクイズを出すようになりました。もちろん、誰一人、当たった人はいませんでした。今日皆様は二つのことがお分かりになりましたね。「粗い縞の浴衣」と「掃

除屋」と。

②は宗助が歯の治療のため、家に帰る途中に立ち寄った歯科の場面です。同時代は、また歯科に看護師がいなかったらしく、傍線部に見られるように、「書生」が看護師の役割をしているようでした。この歯科の設備は、治療費が高いのではないかと宗助が気に掛けるほど整えていますが、なぜか、女性の看護師は見当たりません。女性の社会的な進出がまた夜明けだったことが垣間見られます。この歯科の「書生」はあっさり今の「看護師」に、「紙切れ」も今の「チャート」という言葉に書き換えました。翻訳の仕事をしていると、思いもかけず、死んだ言葉や新しく生まれた言葉、あるいはその言葉の浮沈の背景にある時代などに出会う楽しみがありますね。

抽象的な表現

これまでは、いくぶん摑みやすい表面的な事柄や表現などにまつわる苦労話でしたが、次に作品の深層につながる内面を語る表現、殊に『門』を特徴づける象徴、比喩などに見られる抽象的な描写をいかに訳したかということを申し上げて、翻訳の話を終わりたいと思います。

『門』は後半に当たる十三章から一気に重たくなり、宗助夫婦の隠れていた「過去」が熱く語られます。次の引用は、子供を三度も流産し、過去の罪が祟っているから子供ができないという占いの言葉に苦しんでいたお米が宗助にそれを告白する場面です。

a：御米の夫に打ち明けると云ったのは、固より二人の共有していた事実に就いてではなかった。彼女は三度目の胎児を失った時、夫からその折の模様を聞いて、如何にも自分が残酷な母であるかの如く感じた。自分が手を下した覚《おぼえ》がないにせよ、考え様によっては、自分と生を与えたものの生を奪うために、暗闇と明海《あかるみ》の途中に待ち受けて、これを絞殺したと同じ事であったからである。こう解釈した時、御米は恐ろしい罪を犯した悪人と己を見做《な》さない訳に行かなかった。（十三）

b：오요네가 남편에게 숨김없이 털어놓겠다고 말한 것은 처음부터 두 사람이 공유하고 있던 사실에 대해서가 아니었다。그녀는 세 번째 유산을 했을 때 남편에게 그 상황을 듣고 정말이지 자기가 잔혹한 어미인 것처럼 느껴졌다。설혹 자신이 손을 댄 기억은 없다고 하더라도 생각에 따라서는 자기가 생을 불어넣은 생명을 빼기 위해 생과 사의 길목에서 기다리고 있다가 교살한 것과 마찬가지이기 때문이었다。그렇게 해석했을 때 오요네는 무서운 죄를 범한 악인으로 자신을 간주하지 않을 수 없었다。

c：たとえ、自分が手を下した記憶はないにしても、考えによっては、自分が生を与えた命を奪うため、生と死の入口で待ち受けて、絞殺したことと同じであるからであった。（bの傍線の部分の日本語の再訳）

aの傍線に見られる「暗闇と明海《あかるみ》」、殊に「明海《あかるみ》」は漱石がルビまでつけて強調した一種の当て字で、流れで分かるように生の比喩であり、暗闇は死の比喩です。しかし、この陽と陰の対照は漢字でなければその意味が強く伝わりません。漱石がわざわざ当て字を使った理由も、多分それのためではないかと思います。韓国はあまり漢字を使いません。使ったとしても漢字を全部ハングルで書き記しますので、もともと持っていた深い意味が読み取れないです。また「暗闇と明海《あかるみ》」に当たる韓国語も「어둠과 밝음」、つまり、「暗さと明るさ」、あるいは「어두운 곳과 밝은 곳」（暗い所と明るい所）という普通の表現しかありません。ちなみに、「暗闇と暗さ」は韓国語では区別できる名詞がなく、同じ意味で使われています。「暗闇」を「暗黒」という名詞に訳すことも考えましたが、ニュアンスが微妙に違う上、その単語に対応できる反対の名詞がないので、思い切って「生と死」として訳しました。

この十三章には、その他、苦労した箇所がたくさんありました。もう一つを挙げてみましょう。三度も子供を失敗したお米の悲惨極まる心境を語るくだりです。

御米は宗助のする凡てを寝ながら見たり聞いたりしていた。そうして布団の上に仰向けになったまま、この二つの小さい位牌を、眼に見えない因果の糸を長く引いて互いに結びつけた。それからその糸を猶遠くに延ばして、これは位牌にもならずに流れてしまった、始めから形の

ない、ぼんやりした影のような死児の上に投げかけた。(十三)

傍線の部分がどうしても韓国語ですっきり翻訳できないのです。苦心の末、原文の意味を損なわないようにしながら、自分の声を入れて「それからその糸を猶遠くに伸ばして、位牌どころか、生まれることもできず、虚しく消え去った死んだ子供の上に投げかけた。」と訳しました。また、彼らの過去が語られるこのくだりには、漱石文学を論じる時、一つのキーワードになる表現も出てきます。「彼等は自然が彼等の前にもたらした恐るべき復讐の下に戦《おのの》きながら跪《ひざま》ずいた。」(十四)という時の〈自然〉です。これを文字そのまま訳しますと、意味不明の観念語になりかねません。漱石は、『門』の前作である『それから』の中でも、愛の告白の場面で「今日始めて自然の昔に帰るんだ」という表現を用いています。非常に奥深く、極めて多義的なこの〈自然〉という表現を今ここで触れることはできませんが、『門』での〈自然〉を私は〈天意〉として読みました。そして「彼らは天意に従った彼らの行動が自分たちの前にもたらした恐るべき復讐の下に戦慄しながら跪いた」と韓国語で翻訳したのです。とにかく、宗助夫婦の過去が語られる十三章と十四章は深読みでなければ骨が折れるほど抽象的な描写や象徴が多く、白髪が増えました。

漱石文学の力

二つの文化を言語でつなぐ翻訳に苦労話は付きものですので、苦労話はこれくらいにして、次に、作品全体に対する韓国の読者の感想文をご紹介したいと思います。ネットが広まっているのは知っていましたが、書評のブログに多くの感想文が書き込まれていることには驚きました。紙幅の関係で、一つだけを取りあげます。

이 이야기를 쫒다보면 나도 모르게 가슴에 뭉쳐졌던 무엇이 떠올라 하아하는 탄식이 밸어진다。닫혀져 있는 문 앞에서 나 역시 항상 머뭇거리다가 돌아서왔던 것은 아닌지 하고 말이다。어쩌면 끝내 소스케처럼、또는 오요네처럼 인생의 문、내 존재의 문을 열고 저쪽의 세계가 무엇인지 아는 것을 포기하고 말지도 모르겠다。아니、문은 본래 열지 말아야 하는 것일지도。인생이란 그 모름의 불안과 고적함、무력할 수밖에 없는 무엇일지도 모를 일 아닐까。인적 끊긴 산사의 눈길을 마냥 걷고 싶도록 하는 소설이다。(この物語を読んでいると自分も知らないうちに心の中の塊のようなものが浮かんで思わずため息をついた。閉じられている門の前で私も躊躇して背を向けたのではないかと思うからである。もしかすると、私も宗助のように、あるいはお米のように、人生の門、存在の門を開けて、門の向こうにどういう世界があるかを追求することを放棄するかも知れない。いや、むしろ、門はもともと開けられないものであったような気もする。人生とは知らないことへの不安と寂しさ、無気力を背負って生きることではないだろうか。人影のない山寺の雪道を歩きたくなるような小説である。)

読む人の思索によって、様々な声が響いてくることを感じます。しかもその声は、翻訳という回路を通して伝えられた漱石文学によって、韓国の読者から伝わってくる。音楽に例えていえば、現在ショパン演奏で、もっとも有名な日本のピアニスト辻井伸行が弾くショパンの音楽が世界の人々に感動を与えるのは、目が見えないという身体的な条件よりも、彼が弾くショパンには、誰の心にも響き渡る力強い音楽性があるからです。この例は皆様に漱石文学の力を分かりやすく説明するためですが、要するに、漱石文学には、例え、翻訳であってもその作品を通して、外国の読者をひきつける普遍的で力強い文学性がある、ということです。そのことを今日ここで紹介した読者以外の、多くの感想文を読みながら確認し、また不思議にも思いました。

さて、日本という制限された空間を乗り越え、百年も前という時間を乗り越え、日本の風土が生んだ文化を乗り越え、今日の韓国人にこれほど共感を与える漱石文学の力は一体どこにあるのでしょうか。一言で申しますと、ある時代、ある人にも通じる〈普遍的な主題〉にあると思います。それが時には『門』の宗助のように過去に怯えていたり、『行人』の一郎のように妻の心が分からなくて孤独地獄に落ちていたり、『道草』の健三のように家族関係に苦しんでいるなど、多様なテーマと多様な方法、多様な文体をもって描き出されています。そして主人公たちの人間的な苦悩は『門』の感想文でも言及されているように、他人の問題ではなく自分の問題として、生における多くの指針を与えています。そういうところに漱石文学の〈脱日本的〉〈脱時間的〉〈脱風土的〉な大きな力が存在し続けるのではないでしょうか。

拙い、また言い尽くせないことも多かった話ではありましたが、漱石文学のグローバルな力がわずかでもお伝えできていたら、うれしく存じます。

長い間、ご清聴、有難うございました。カムサハムニダ。

注

（1）吉本隆明「漱石の巨きさ」（文芸春秋、平成十六年十二月臨時増刊号）

（2）「考える人」二〇一〇年夏号、特集村上春樹ロングインタビュー

（3）前田愛「山の手の奥」（『都市空間のなかの文学』筑摩書房、一九八二年）

北川　透

宮沢賢治と鳥たち
――「よだかの星」『銀河鉄道の夜』を中心に――

一　なぜ、鳥の翼が必要か

わたしが住んでいる下関には、言うまでもなく関門海峡があります。海峡に沿って国道9号線が走っていますが、その海側に歩道があります。そこはわたしの散歩コースの一つです。夕方、歩いていますと、アオサギやイソヒヨドリ、鷗や千鳥など、季節によって違いますが、様々な水鳥が、また、水鳥ではないタカやカラスなども、海面すれすれに飛んでいたり、磯辺や岩場で餌を漁ったりしているところを、よく眼にします。アオサギやシラサギが、海面からわずかに出ている岩の上に立って、小魚などの餌を狙っている姿などは、他の水鳥などよりも身体が大きく首や足が長いせいか、とても目立ちます。いま、シラサギと言いましたが、実はそういう名前の鳥はいないらしい。白い羽毛をもっているダイサギ、チュウサギ、コサギを、そう呼んでいるだけだ、と言います。立ち姿の美しいサギを大、中、小の大きさで分けるよりも、青い波によく映える、羽毛の白さで呼び慣れた、シラサギの方に親しみが持てます。また、イソヒヨドリは濃い青色の羽根をもった美しい鳥ですが、これも名前を裏切っていて、ヒヨドリの仲間ではなく、ツグミの仲間らしい。田畑や人家の庭などでよく見かけるツグミの親類の鳥が、なぜ、海辺に棲む水鳥なのか、わたしにはよくわかりません。

ただ、これで思いつくのは、ヨタカ（夜鷹）のことです。ヨタカもタカ（鷹）の名前がついていますが、鷹ではありません。鷹の仲間の大型種がワシ（鷲）です。鷹や鷲は猛禽類としての鋭い嘴や爪を持ち、飛翔力も獲物を狙う力強さもあります。だからプロ野球の球団の名前「ホークス（鷹）」になったりします。しかし、夜行性のヨタカには、鷹のような力強い肯定的なイメージが与えられてきませんでした。宮沢賢治は童話「よだかの星」で冒頭から、《よだかは、実にみにくい鳥です。／顔は、ところどころ、味噌《みそ》をつけたやうにまだらで、くちばしは、ひらたくて、耳までさけてゐます。／足は、まるでよぼよぼで、一間《いっけん》とも歩けません。》と書いていて、鷹とは対極的な否定的イメージを与えています。〈夜鷹〉は江戸時代では、売春婦の俗称にもなっていました。この名前と実体が違っていることをヒントにして、「よだかの星」は書かれているわけです。

お話が先に進み過ぎましたが、先に述べた関門海峡のさまざまな水鳥の生態に惹かれるようになったせいか、詩歌の中に舞い降りている鳥たちのイメージが、いつからか気になり出したのです。彼らが詩歌のなかで象徴したり、比喩したりしているもの、あるいは存在的に指し示しているものに関心が生まれてきたのです。言うまでもなく、古代歌謡や万葉集の中にも多くの鳥たちが棲息していて、歴史的にも詩歌と鳥の関係には、とても親しいものがあります。近代・現代詩のなかにも、沢山の鳥たちが舞い降りています。わたしはそんなみずからの作品の中に、鳥を棲息させている詩人のことを、〈鳥語《ちようご》の詩人〉と呼んだことがあります。〈鳥語〉という概念は、「荒地」の詩人、田村隆一の短いエッセー「鳥語―達治礼讃」から借りましたが、そこで触れられている三好達治や田村自身が、自分の作品のなかに、多くの鳥を棲まわせている〈鳥語の詩人〉でした。

ところで、宮沢賢治もまた、〈鳥語の詩人〉であり、童話作家でもあることは言うまでもありません。それどころか、彼はわが国近・現代のなかでも、最高、最大の〈鳥語の詩人〉だと言ってもいいくらいです。すでにさっき「よだかの星」を例に引きましたが、その他にも鳥を素材にした多くの童話や詩がありますが、思いつくままに作品名をあげれば、詩集では『春と修羅』の「序」の中に孔雀が出てきますし、集中の詩にも多くの鳥が棲んでいます。特に死んだ妹トシをうたった〈亡妹詩篇〉の「白い鳥」の中では、白鳥が重要な役割を果たしています。その他、「寄鳥想亡妹」、「薤露青《かいろせい》」など。そして、童話では「林の底」や「セロ弾きのゴーシュ」などが思い浮かびますが、ここでは『銀河鉄道の夜』を取り上げます。

しかし、そこへゆく順序として、先に「よだかの星」について考えてみたい。先にも見ましたが、ヨタカはいかに醜いかということからお話は始まっています。そして、醜いという理由で、ヨタカは他の鳥たちから嫌われ、いじめられます。《鳥の仲間のつらよごし》だという鳥さえ出てきます。

でも、ヨタカがタカに嫌われたのは、姿の醜さだけではありません。タカがヨタカを許せないのは、少しも自分に似ていないのに、ヨタカというタカと紛らわしい名前を持っているからです。確かにヨタカは羽虫を食べるし、夜しか活動しないし、タカのような鋭い爪や嘴もない。しかし、タカが怒るのは、実はもう一つ二つ嫌う理由があるからです。ここが賢治の文学性の深いところですが、ヨタカにタカという名前のついた理由を、賢治はさりげなく書きこんで（想像して）います。それは《一つはよだかのはねが無暗《むやみ》に強くて、風を切つて翔《か》けるときなどは、まるで鷹のやうに見えたことと、も一つはなきごゑがするどくて、やはりどこか鷹に似てゐた為》だ、というのです。自分とは素生の違う異質な（醜く弱い）ものが自分に似ていること、あるいは強い力を持ち誰からも怖れられている王者の自分が、醜く無力な属性故に鳥の共同体から差別されているものと似ていること、それがタカにとっては我慢できないことでした。それはあらゆる聖別されているものが、無意識に持っている不安、恐怖、暴力性と通じています。

それでタカは、ヨタカに向かって《市蔵》という名前に変え、その名札を首にぶら下げて、みんなの前にお辞儀してまわれ、それができなければおまえを殺す、と脅迫します。自分の名前が実体と違っているが故に、鳥たちが持っている権力関係の中では生きて行けないということでしょう。これほど理不尽な要求はありません。なぜなら、名前（ことば）と実体の間には、必ず隙間があるからです。

たとえば〈石〉という実体とイシとはほとんど関係がありません。なぜならイシという概念は、

〈石〉の周辺の〈砂〉や〈土〉、〈岩〉、〈泥〉……と区別するための概念だからです。なぜ、イシという呼称が選ばれたのかは、恣意的ですから説明もできません。イシは〈石〉でもあり、〈意志〉でもあり、〈医師〉でもあり、〈遺志〉、〈遺子〉、〈縊死〉でもありますが、ムカシは〈好し〉、〈美し〉、〈善し〉もイシでした。いまではパソコンのワードでイシをクリックすれば、それと同音の隣接する概念が次から次へと出てきます。

つまり、ことばは必ずしも実体の反映ではなく、隣接している概念の差異の大系ですから、こういう意味としては無関係の同音異語が生まれます。実体の反映として、そのものとぴったり重なることば（名前）などは基本的には存在しません。だから実体とことばとの間には、隙間があるのです。ヨタカがヨタカと呼ばれるのは、彼（実体）が選んだのではなく、生れる以前から決まっている、言語の大系に理由があるわけです、だから、おまえの名前がおまえを現していないから、何の関係もない〈市蔵〉に変えろ、と言われても、承服できないのは当然です。別に言えば、タカの要求は、いわばすべての名前（ことば）が実体とは隙間があるという、ことばの法則性を無視した絶対者のもつ暴力性に依拠している、と言えます。これは神があるとすれば、神をも畏れぬ所業といってもいいでしょう。

こういうみずからの存在を否定する暴力に、ヨタカは耐えられません。それで衝動的に、そこから逃れるために、巣から飛びだし、大きな口を開き、矢のように夜空を横切ります。幾匹もの羽虫や甲虫が咽喉に入りますが、ヨタカはそれらを飲み込みます。このあたりの描写の緊迫性は、いわゆる童話のレベルを超えた、優れた表現性を獲得しています。そして、ヨタカは自分自身の暴力（権力）性に気づきます。タカに殺されようとしている自分が、毎晩、自分より弱い沢山の生きものを食べて生きている、これほど辛いことがあろうか、というのです。自分のなかにも、自分より弱いものを殺すタカがいる。否定されねばならぬのは自分ではないか、というわけです。それでヨタカは《遠くの遠くの空の向ふに行つてしまはう》と決意します。これは鳥たちの共同性のなかから排除されたり、タカの暴力によって、直接に存在を否定されたりする自分がいる。そればかりでなく、タカが自分でもあることに気づいて、自分が自分を否定しなければならなくなってしまった、ということです。そして、ヨタカは自分が陥った苦悩や絶望に向き合うことができず、遠くへ逃げ出そうとします。こんなヨタカに救いはあるのか、というところに賢治はこの物語を持っていったことになります。大変、宗教的なモティーフが抱え込まれています。

このあと物語は、まだいくらか錯綜して展開します。表現性のレベルでは問題にしたいところは幾個所もありますが、大雑把に言えば、こんな八方塞がりの苦しい現実から逃れて、彼岸の喜びに満ちた世界に飛び立つ、その過程が美しく描かれている、ということです。そして夜空の《よだかの星》になって輝きたい、という願望は達せられます。しかし、優れた文学的な表現性の下に隠されていますが、ここには賢治の危うい思想が内包されているのではないか、と思わないわけにはいきません。これが危ういのは、このヨタカの行為は、苦しい現実から逃れるために、自殺することによって、天国で救われるという考え方に翻訳されてしまうからです。しかし、本当はここで提起されていたことは、そういうことではなく、言語の二重性と存在の二重性ということだったはずです。

つまり、まず、名前（ことば）と実体が齟齬している、ということでした。これは言語の本質的な属性に基づいています。ありえないことですが、もし、ことばと実体が隙間なくくっついていたら、会話も不自由でしょうが、特に詩におけることばの仮構も、小説におけるフイクションも不可能でしょう。ことばは他のことばとの関係のなかで、つまり、選ばれたり、入れ替わったり、違和を作り出したりして活性化をします。しかし、一方でことばは実体を正しく（似つかわしく）反映しようという欲望も持っています。その二重の関係は自由で流動的です。もうひとつは、わたしたちの存在は他者との関係の函数でしかありません。人と人との関係は、それぞれが持っている力の意志の戯れのなかにあります。タカがヨタカを抑圧しているとしても、理由は何であれ、ヨタカの存在に脅かされています。また、タカはそれが何であれ、自分より強力な存在に対しては、弱い位置に引き下がるしかありません。同じようにヨタカはタカに対しては弱者ですが、自分より弱いものを餌食にして生きています。それは弱肉強食ということではなく、存在は他者との力関係の中では、必ず、強者は別の関係では弱者でもあり、弱者は強者でもあるという、二重性を含むということです。しかし、賢治はこの二重性をすぐれた表現性で描きだしながら、そこにドラマ（物語）を作り出そうとはしません。強者も弱者も固定した絶対的な関係から出ることはなく、ただ弱者は絶望し、苦悩し、天国に昇ることによって、つまり、彼岸で救われるという、宗教的な理想の物語に脚色してしまうばかりです。そのためには、現実から彼岸に超越するための強い翼が欲しかった。それがこの作品では、天国の星になるために飛翔するヨタカの翼でした。

二　なぜ、〈鳥捕りの男〉は罪深いのか

『銀河鉄道の夜』でも、賢治は鳥を素材にして、物語を展開しているパートがあります。第八章の「鳥を捕る人」がそれです。『銀河鉄道の夜』の中の天の川では、鶴や雁、鷺や白鳥が棲息していますが、そこにはまた鳥を捕獲する〈鳥捕りの男〉もいるわけです。ここでは、賢治作品のなかに棲む鳥がどういう意味を持っているのか、どういう役割を持たされているのかが、わたしが追い求めているものでもありますので、『銀河鉄道の夜』論が目的ではありません。しかし、それとの関係も出てきますので、大まかなストーリーの構成について、簡単に述べておけば、『銀河鉄道の夜』はジョバンニが見る夢の中の銀河鉄道を走る、列車の内と外の出来事を中心にした部分と、その前後のお話で組み立てられています。全体が美しいファンタジーに彩られているので、わたしは散文詩に近いことばの結晶度を、部分的にはもっている童話だと思っています。しかし、そこには賢治の死生観というか、法華経の思想なども浸透しているので、様々な立場からする読解が可能でしょう。

主人公のジョバンニはカムパネルラと一緒に、銀河、つまり、天の川を走る汽車に乗っています。それは地上で死んだ人間が天国に召される、その死の世界へ行く列車です。しかし、列車内のジョ

バンニは、それを知りません。すでにカムパネルラが川で友人ザネリを助けようとして、溺死しているということは、彼が地上に送り返される最後のパートまで隠されています。つまり、死へ向かっているけれども、まだ、その途中で汽車も汽車の外の光景も、死と生の境目、境界のようにイメージされています。それは生きているジョバンニと死んでいるというか、死へ向かっているというか、そのカムパネルラとが同じ列車、同じ時間帯を共有している関係にも映し出されています。死と生の混融した、銀河鉄道の空間のもつ境界性は、彼ら二人に分割されているわけです。本来、わたしたちは生れた時から、死によって限られ、死に向って生きているわけですから、生は死に浸透されてしか存在しないわけでしょう。比喩的に言えば、わたしたちは一人の例外もなく、銀河鉄道の汽車に乗っているわけです。そこにこの物語が、わたしたちの身体の中に入って来る時の切実感があります。

第八章の「鳥を捕る人」の物語は、白鳥区の白鳥停車場の駅のあたりが舞台になっていますが、その次の停車場は鷲の停車場で、地区にも駅にも鳥の名前が付けられています。白鳥停車場で乗車してきて、ジョバンニとカムパネルラの前の座席に腰掛けるのが、鳥捕りの男ですね。この鳥捕りの男は、《茶色の少しぼろぼろの外套《ぐわいたう》を着て、白い巾《きれ》でつつんだ荷物を、二つに分けて肩に掛けた、赤髭《あかひげ》のせなかのかがんだ人》という風体をしています。みなりや身体上の特徴からいって浮浪者風の貧しいというよりも、どこか卑しさを漂わせている男です。それはジョバンニとカムパネルラの応対の仕方にも現れています。赤髭の人は、子どもに対しておづおづと尋ねるし、カムパネルラは喧嘩腰で応対します。それでも鳥捕りの男は怒らず、《頬をぴくぴくしながら》、つまり、卑下しながら、自分は鳥を擱まえるのが商売だ、という身分を明かします。鳥を捕ったり、殺したりすること、別に鳥類だけではなく、生きものをむやみに殺生することは、仏教の輪廻転生説や法華経の不殺生戒では禁止されているわけですから、それを犯す男がここでどういう描かれ方をするかに、法華経信者の賢治の考えは反映されない訳にはいきません。

先にも触れましたが彼が捕まえる鳥は鶴、雁、鷺、白鳥などですが、これはどういう特徴があるかというと、まず、渡り鳥系ということです。(鷺は渡り鳥とそうでない留鳥《りゅうちょう》とがあるらしい)。次に、この鳥たちは都市の日常見かけるところに棲息していない。海辺、湖畔、湿地帯というような場所にいます。馴染みの雀、鳩、鴉、雲雀などは登場しません。登場するのは比較的大型の優美な鳥ということです。鳥捕りの男の卑しさと、彼が捕まえる鳥の非日常性、優美さとが対照的というか、アンバランスです。そこがこの章の狙いどころでもあるでしょう。

ここでは白鳥は名前だけ出ていて、擱まえられたりしていませんが、詩集『春と修羅』の「無声慟哭」のパートでは、「白い鳥」のタイトルで、白鳥は死んだ妹トシの化身としての姿を現しています。

二匹の大きな白い鳥が
鋭くかなしく啼きかはしながら

しめつた朝の日光を飛んでゐる
それはわたくしのいもうとだ
死んだわたくしのいもうとだ
兄が来たのであんなにかなしく啼いてゐる
　（それは一応まちがひだけれども
　まつたくまちがひとは言はれない）

（「白い鳥」部分）

白い鳥が白鳥かどうかは議論のあるところでしょうが、ともかく白い鳥の哀しい鳴き声に、妹のトシの面影が見られている、そこに妹を見るのは間違いだとは思いながらも、否定しきれない、賢治の心の動揺が映し出されています。ただ、この作品が弱いのは、その鳥の声の悲しみを《それはじぶんにすくふちからをうしなつたとき／わたしのいもうとをもうしなつた／そのかなしみにもよるのだが》という、感傷的な考えをするところです。自分に妹を病気から救う力があるという〈信〉が前提になければ、この詩行は成り立ちません。これは後で触れる賢治特有の、というより法華経の使徒意識、菩薩行者に通じる考え方です。それから、もうひとつは『古事記』の日本武尊の伝説と重ねているところです。《(日本武尊《やまとたけるのみこと》の新しい御陵の前に／おきさきたちがうちふして嘆き／そこからたまたま千鳥が飛べば／それを尊のみたまとおもひ／蘆に足を傷つけながら／海べをしたつて行かれたのだ)》とうたわれています。先の引用のところもそうですが、（　）の中のことばは、語り手の呟きのようなもので、詩の語りが、描写的な表の部分と内面的な裏の部分の組み合わせでできている。この内面的な部分に、妹トシの神話化という、賢治の心的な機制が働いています。妹の死をあらゆる神話の呪縛から解放することこそ、本来は詩の問題でしょう。「無声慟哭」詩篇のすべてがそうではありませんが、いわばその〈無声〉の領域で、賢治が危ないところに入っていることを窺わせます。

それはさておき、次の九章「ジョバンニの日記」でも、鳥は出てきます。鷲の停留所では、青年と六つばかりの男の子と、かほると呼ばれる十二ばかりの可愛らしい女の子が乗ってきます。女の子が「まあ、あの鳥。」と叫びます。それを聞いて《「からすではない。みんなかささぎだ。」》とカムパネルラが言います。情景としては、カラス（烏）もカササギ（鵲）も影を見せていないのに、ことばだけのやり取りがあって、それで青年も頭の後ろに毛がぴんと延びているから、カササギだと断定します。これは不思議なやり取りですが、何を意味しているのか、ということですね。カササギは朝鮮半島に広く棲息しているカラスの一種で、そのために朝鮮烏とか高麗烏とも言います。日本では有明海を囲む佐賀県を中心に福岡県の二県にしかいませんが、最近は他へも棲息地が移っているようです。これは言うまでもないですが、七夕祭りの夜、牽牛と織女の二つの星が逢う時、カササギが翼を並べて天の川に渡すという、〈鵲の橋伝説〉でよく知られている鳥です。古来から大伴家持の《かささぎのわたせる橋に置く霜の白きを見れば夜ぞ更けにける》や、菅原道真の《彦星のゆきはひを待つかささぎのとわたる橋を我にかさなむ》という有名な七夕の歌を始め、詩歌に詠まれてきました。近松門左衛門の人形浄瑠璃『曽根崎心中』にも、〈鵲の橋〉の歌が出てきます。つまり、古伝説の中では、天の川にはカラスはいないのです。だから、女の子の言うカラスはにべもなく否定されて、あれはカササギだ、ということになります。それよりすぐ後に、今度は青い孔雀が三十四（羽）くらい出てきます。南天に星座の孔雀座がありますし、孔雀は仏教の信仰対象になる、美しい大きな鳥です。孔雀明王という仏像にもなっています。これは人間が煩悩を消して仏の道を成就させる神聖な鳥ですね。

つまり、『銀河鉄道の夜』に出てくる鳥は、みんな選ばれた鳥たちです。いわゆる雀とか、鳩、カラスなど、わたしたちが身近に見る留鳥は存在していないし、存在できない。翼の強い優美な渡り鳥でなければ、天界と地上を自由に行き交いできないからです。また、古伝説において、天の川に棲んでいるカササギや、星座の中の鳥、宗教的な救済《きゅうさい》を意味する孔雀という鳥などがでてきます。それらは天国と地上の境目の銀河鉄道の周辺に棲まわされ、死と生の回路を結ぶ役目を持たされているように見えます。そうすると、鳥捕りの男は、この聖なる鳥たちを摑まえるのが商売なだけでなく、それを押し葉（の菓子）にして食べたりするわけですから、言ってみれば、その天界と地上の回路を無効にするような、罪深い行為をしているわけでしょう。しかも、チョコレート菓子のようにして食べさせるわけですが、勧められて食べたジョバンニは、《(なんだ、やっぱりこいつはお菓子だ。チョコレートよりも、もっとおいしいけれども、こんな雁が飛んでゐるもんか。この男は、どこかそこらの野原の菓子屋だ。けれどもぼくは、このひとをばかにしながら、このひとのお菓子を食べてゐるのは、大へん気の毒だ)》と呟きます。ここは大事なところです。ジョバンニは鳥捕りの男を、その鳥を捕るだけでなく、それを食べものにする生業《なりわい》故に馬鹿にしています。つっけんどんな態度で邪魔者扱いしてきた。でも、食べてみたら、それはおいしかった。禁断のものはなんだってみんなおいしい。ジョバンニにとっては、もし赤髭の男が菓子屋なら許せる。そうであって欲しい。けれども男は、その後も、《ぎゃあぎゃあ叫びながら、いつぱひに舞ひおりて来る鷺を摑まえており、禁忌を犯す鳥捕りとして振舞い続けています。

三　なぜ、《たつた一人の神様》はひとりなのか

この鳥捕りの男は、鷺の停車場に着いたところで、忽然と消えてしまいます。それは天国に行けない、という意味でしょう。そうは書いてありませんが、ジョバンニが《なんだかわけもわからずに、》俄かに鳥捕りが気の毒でたまらなくなるのはそのせいです。そして、《もうその見ず知らずの鳥捕りのために、ジョバンニの持つてゐるものでも食べるものでもなんでもやつてしまひたい、もうこの人のほんたうの幸《しあわせ》になるなら、自分があの光る天の川の河原に立つて、百年つづけて立つて鳥をとつてやつてもいいといふやうな気がして》《ほんたうにあなたのほしいものは一体何ですか》と訊こうとします。しかし、そこに鳥捕りはもういないんですね。このジョバンニの呟きが、『銀河鉄道の夜』の倫理的主題を形成しているわけですが、ここがいちばん危ういところでもあるでしょう。この物語には《ほんたう》ということばが何度も出てきますが、それは《ほんたうの幸》

《まことのみんなの幸》《ほんたうのたつた一人の神様》《ああ、そんなんでなしに、たつたひとりのほんたうのほんたうの神さまです》というような使われ方をしています。それに絡んで自己犠牲のテーマも出ています。それは『銀河鉄道の夜』のなかでは、さそりのお話ですが、「よだかの星」のヨタカの行為とも重なる問題です。

ああ、わたしはいままでいくつのものの命をとつたかわからない。そしてその私がこんどいたちにとられやうとしたときはあんなに一生けん命にげた。それでもたうたうこんなになつてしまつた。ああなんにもあてにならない。どうしてわたしはわたしのからだをだまつていたちに呉《く》れてやらなかつたらう。そしたらいたちも一日生きのびたらうに。どうか神さま、私の心をごらん下さい。こんなにむなしく命をすてず、どうかこの次にはまことのみんなの幸《しあわせ》のために私のからだをおつかひ下さい。つて言つたといふの。

(『銀河鉄道の夜』九)

この蠍のお祈りの持つ倫理性は、幼年の思考に限界づけられているのではないでしょうか。幼年の思考ということばをあえて使いますが、むろん、宗教(法華経)的幻想と言っても同じです。《ほんたうの幸》とか、自己犠牲による《まことのみんなの幸》があるのは、幼年の空想の世界、庇護された共同世界だけに可能な幻想です。幼年から抜け出た後は、誰とも交換不可能な、それぞれの幸、それぞれの不幸があるだけでしょう。誰もジョバンニの思いあがった願いのように、鳥捕りの男の不幸とかわってあげることなどできません。鳥捕りの男が自分を不幸せと思っているとしたら、幸せになるためには、いまが幸せだと気持を切り変えるか、鳥捕りを止めて幸せになる努力をするか、そのどちらしかないわけです。そして、幸せになるには、一神教の唯一絶対の神も、法華経の〈久遠仏（単一神）〉も、八百万の神様も本来は関係がありません。しかし、幸せになるために神様に祈る人、《みんなの幸のために》自分の身体をさし出そうとする人がいる限り、この世には、いろいろな神様が存在しなければならぬことになるので、その付き合い方は大切ですし、それぞれの神様が生きられるような環境を保証するほかない、ということになります。

『銀河鉄道の夜』の中には、先にも引いた《一人の神様》をめぐって、ささやかな論争があります。それはジョバンニたちが乗っている列車に、同乗した女の子との間で起りました。女の子は十二歳くらいですが、一九一二年四月、イギリスの豪華客船タイタニック号が沈没した際の遭難者をモデルにしています。家庭教師の黒い洋服を着た青年と彼女の弟の六歳ばかりの男の子と一緒です。天上へ行く駅で彼らは下車するのですが、その別れ際にジョバンニは天上なんかに行かなくていいから、《僕たちと一緒に乗つて行かう》と誘います。すると女の子はお母さんもそこにいるし、神さまも降りなさいと仰ってると拒みます。そこで《そんな神さま、うその神さまだい》などと、つい言ってしまうジョバンニと、《あなたの神さま、うその神さまよ》、という女の子との間で言い合いになります。

「あなたの神さまつてどんな神さまですか。」青年は笑ひながら云ひました。

「ぼくはほんたうはよく知りません。けれどもそんなんでなしにほんたうのたつた一人の神さまです。」

「ほんたうの神さまはもちろんたつた一人です。」

「ああ、そんなんでなしにたつたひとりのほんたうのほんたうの神さまです。」

「だからさうぢやありませんか。わたしはあなた方がいまにそのほんたうの神さまの前にわたくしたちとお会ひになることを祈ります。」


（『銀河鉄道の夜』九）

両者のたった一人の神をめぐる不毛な論争は噛み合いません。タイタニック号の遭難者、イギリスの青年と女の子たちが降りる天上の駅には十字架が立ち、ハレルヤ・コーラスが聞こえて来たりします。そのことから言えば、彼らの《たつた一人の神さま》がキリスト教の唯一絶対の神であることに間違いはありません。それに対して、ここでジョバンニが別の《たつた一人》の神をあえて立てるわけだから、彼は賢治の宗教観の分身となる他ないわけです。では、賢治の信仰した法華経では、キリスト教の唯一神にあたる者は何かと言えば、先にも触れましたが、〈久遠仏〉でしょう。〈久遠仏〉は釈迦の人格としては一人だが、それは諸仏の総合・統一であり、キリスト教の唯一神のような、絶対的な神格を持った人格神でもなく、ましてや万物の創造者ではありません。絶えず〈菩薩行〉を行って、衆生の苦悩を聞き届け、仏の永遠性を証そうとします。ただ法華経の〈菩薩行〉は日蓮宗の〈折伏〉に見られるように、戦闘的な使徒意識と受難意識を持っています。その点で、法華経は原始キリスト教のマタイ伝に性格が似ているかもしれません。

ともかく《たった一人の神さま》と言っても、キリスト教と法華経では全く違うわけだから、嚙み合わないのは当然です。ただ、《一人の神様しかいない》にしても、ジョバンニのように《ほんたうのほんたうの》を積み上げていくことは、唯一神の絶対化、その唯一性を純化する原理主義に通じるはずです。その結果は、他を《ほんたうの》神ではない、と頑固に主張し、排除する人や宗派が現れることになります。異端審問、魔女狩りや、聖戦が始まらないわけにはいきません。地球上で絶えることのない宗教戦争で、神様のために沢山の人が身体を投げ出し、殉死したり、殺されたりしてきました。神様を必要とする人がいる限り、現実的に必要なのは、神様の平和共存しかない、ということになります。

宮沢賢治が会員になっていた純正日蓮主義の在家仏教の団体、国柱会の田中智学は、先の大戦の大東亜共栄圏のスローガン「八紘一宇」を考えた人ですが、それを簡単に言うと世界は一つの家族だ、という思想です。一つの国の内部だって、みんなが一つの家族になどなれません。国境を隔て、民族、歴史、宗教、文化、風俗、習慣等、あらゆるものが違う人たちが一つの家族になれるわけがない。無理やりなろうとすれば、正義の御旗を掲げて、侵略戦争をしたり、暴力など強制力を用いるほかないでしょう。相互の差異を認め、文化、宗教、政治の多様性、多元性を尊重し合う現実的態度しかないわけです。

宮沢賢治の法華経の戦闘的理念に基づく《ほんたうの》とか、《みんなの幸》という考えは、有名な《世界全体幸福にならないうちは個人の幸福はありえない》（「農民芸術概論綱要」）という、転倒したスローガンに通じてしまいます。これは法華経のイデオロギーにほかなりません。これでは幸福な人は世界に一人もいなくなってしまい、わたしたちはいつも、見えない《世界全体》に脅迫されて、暗い負い目を感じて生きていなければなりません。それこそが欺瞞です。現実は《世界全体》の中に不幸があっても、わたしたちは幸福を享受してきたし、そんな事とは関係なしに不幸にさらされてきました。地球のどこかにいつも騒乱が絶えませんが、一個人や個別の家族が幸福になることを妨げるものではないはずです。それとは別個に騒乱は政治的に解決されるべき課題だ、というに過ぎません。むしろ、隣人に不幸があっても、わたしたちは幸福をいっぱい享受してしまうのはなぜか、という問いの形で考えるべきことでしょう。個人や家族の幸福のレベルと、政治が解決しなければならない、社会のレベルのそれをごっちゃにしないことです。

『銀河鉄道の夜』に出て来る鳥たちは、天国と言わなくても、異界と言っても、死の世界と言ってもいいのですが、そこと地上とを結ぶ回路のような場所に棲息している、優美な神秘的なあるいは選ばれた聖なる鳥のように見えます。しかし、銀河鉄道が通るその場所には、鳥たちを摑まえて、それを商売にする、貧しい、あるいは卑しい鳥捕りの男がいるのでした。このような存在を、どう考えたらよいのか、という課題を賢治は提起しているのだ、と思います。しかし、鳥捕りの男をジョバンニのように考えると、〈八紘一宇〉の幻想の方に行っちゃうんじゃないか、賢治は膨らみのある表現をしていますので気づきにくいですが、そして、それは文学表現としてすぐれたところですが、そこに幼年の思考を仮装した、宗教思想のもつ危険な怖さというか、危惧があります。何が怖いのか。それは誰もが、日常的に当り前に持つ《ほんたうな幸》への希求が、《まことのみんなの幸》という観念的な幻想によって、打ち消される論理が潜んでいるからです。あるいは、《たったひとりのほんたうのほんたうの神さま》が、絶対化され、純化されて、抑圧や排除の権力を生み出す危険性が、そこにあるからです。

森鷗外　歴史小説のはじまり

奥野政元

一

森鷗外は夏目漱石と並ぶ近代日本の代表的作家で、明治、大正時代に活躍し、今でも読み継がれている文豪でもあるが、同時代文壇の主流からは、共に余裕派とか高踏派と呼ばれて、問題にもされていなかった。それは否定し軽蔑するというのではなく、敬して遠ざけるという扱いで、余裕とか高踏というレッテルに象徴されるように、知識教養を豊かに積み上げた、しかも生活にも困らない安定した高みから、遊び半分の気分で文学と関わっている者と見られていた。当時の主流派とは、言うまでもなく自然主義派の人々であり、彼らは自己の真実にのみ徹して作品を制作することにそのすべてを懸けんとしたので、そのために実感に即して、空々しい知識教養を廃し、また経済的生活自立の余裕もなく、彼らなりに命がけの必死な生き方をしていると自負していたのであろう。つまり自分たちこそ、自己と時代とに真剣に向き合っていると思っていたのであろうが、実際には彼らのどの作家も、たとえば独歩にしろ、藤村、花袋にしろ、作品の売れ行きについては、はるかに漱石には及ばなかったのであり、この点で時代の支持は、漱石の方にむしろあったと言える。正宗白鳥は「自然主義盛衰史」において、こうした点につき、それは漱石の作品が優秀であったからだが、同時に漱石が官学出身の学者であり、帝大の講師でもあった故だと述べている。言われてみれば、確かに自然主義派の人々は多く私学出身者であり、特に後には早稲田の人々が中心となった。白鳥自身も早稲田であって、この見方は馬鹿げた事かも知れないが、明治時代には末期に至るまで、官学と私学の価値の軽重についての世間人の感じは動かすべからざるもので、漱石や特に帝大医学部から陸軍軍医として官僚の中心にいた鷗外などは、作品の如何に関わらず、人として重く視られていたのだと白鳥は述べている(1)。

一見、身も蓋もないような白鳥の観察は、しかし事実に即したものでもあることは、今になって一層実感として持ち得るのではないか。そして現実暴露の悲哀とか人生の幻滅とかを強調して、独りで時代の苦悩に向き合っていると自負した自然派の作家も、現代ではほとんど歴史から消えかかっているようで、彼らは時代に向き合うというよりも、時代に流されていたと、今では指摘できるように思える。これに対して、鷗外や漱石の作品は当時も多くの読者に迎え入れられて、現代では古典ともなって読み継がれている。時代と関わらないと見られた態度を、余裕とか高踏とか揶揄批判されながらも、鷗外や漱石は、時代を遙かに超えたものに向き合うことによって、どの時代にあっても共通する根源の問題を我々に突きつけているのだと言えよう。このような意味で、鷗外が向き合っていたものとは何であったのかを、彼の歴史小説、特にその開始となった「興津弥五右衛門の遺書」と「阿部一族」をめぐって考えてみたい。

二

作品「興津弥五右衛門の遺書」が書かれた経過、またここから始まる鷗外の後期世界の特異性については、よく知られたことであるが、簡単にここで振り返っておきたい。鷗外日記によると、「興津弥五右衛門の遺書」（初稿）を書いたきっかけが、乃木希典殉死事件に関わっていたことがよく分かる。明治天皇の大喪が九月十三日の夜から深夜にかけて行われ、その帰途に乃木の事を知らされた彼は、「余半信半疑す」と記している。それはかなりの衝撃でもあったのであろう。それから五日目、乃木の葬儀に出た後、原稿を『中央公論』に寄せているのである。それまでの彼は、その前年の明治四十四年八月に「青年」の連載を終え、九月から「雁」の連載を始め、同時に「灰燼」の連載も始めていた。そしてこの年も一月に「かのやうに」、六月「藤棚」、八月「羽鳥千尋」といった短編を発表し、あそびとか諦念とかいわれる中期の旺盛な活動期にもあったのである。それがこの作品を発表して以後、作風は全く一変してしまうのである。ただ例外は「雁」であって、ほとんど同時期に連載し始めた「灰燼」は、しばらくは連載が続いたが、結局中断してしまうのに、「雁」のみは大正四年の五月頃まで発表され続けている。そのことのうちに重要な問題があるが、後で触れたい。

まず初稿の「興津弥五右衛門の遺書」について、鷗外はあとがきで、「此擬書《ぎしよ》は翁草《おきなぐさ》に拠つて作つた」と述べ、その他に徳川実記と野史との二本を参考にしたとあげている。その翁草の本文は、「細川家の香木」と題して、本木と末木《うらき》を購入するに際しての長崎での経緯と、その香木の貴重な価値についての伝承された話が記されていて、殉死した興津が遺書を書いたことなどには全く触れていない。つまり鷗外は、興津が殉死の際に遺したであろう遺書を、この伝承資料によって創作したのである。しかもそのようにして創作された作品の内容は、乃木の遺書と似通う点が多い。この点が第一に注目されるところである。

乃木の遺書は、今、自分が自殺するのは罪軽からざるものであるが、明治十年の役で軍旗を失ったこと以来死処を得たかったのがかなわず、天皇の崩御に際し、覚悟を定めたのだというものである。ここでは殉死の表向きの理由が単純明確に記されているが、鷗外は同じように、突然の殉死についての弁明から書き起こし、殉死に至った直接の事件を説明した上で、興津の主君忠興の言葉として「総て功利の念を以て物を視候はば、世の中に尊き物は無くなるべし」との、史料にはない精神あるいは思想の開陳に及んでいる。しかも乃木が殉死の理由としてあげた軍旗喪失事件にあわせて、興津が相役を殺すに至った香木事件も三十余年も前のこととして描いている。つまり鷗外は乃木殉死によって受けた自らの衝撃を、興津の身に仮託して描いたのだと言えよう。それは一面、賛美にも近いもので、自己の信念への自負と自信に満ちたものでもあった。たとえば香木買い求めの命を与えたのは、忠興であり殺人を赦したのも忠興であったが、その後忠利に随って島原の乱に加わり、忠利の死後は光尚が継ぐが、三十一歳で亡くなった後は、七歳で六丸（綱利）が継ぐことを許されたと、長々と細川家三十数年の歴史に触れ、「最早某が心に懸かり候事毫末も無之」「今年、今月、今日殊に御恩顧を蒙候松向寺殿（忠興）の一三回忌を待得候て、遅馳に御跡を奉慕候」と述べる。このように細川家の繁栄と我が身の幸を述べた後、「殉死は国家の御禁制なる事、篤と承知候へ共壮年の頃相役を討ちし某が死遅れ候迄なれば、御咎も無之歟と存候」と続くが、ここで鷗外は歴史的事実に関わるミスを犯している。幕府が殉死を禁じたのは、この遺書の日付万治元年（一六五八）より五年も後の寛文三年（一六六三）のことである。鷗外の筆は史実を無視するまでに昂揚していると言えよう。そればかりではなく、特に末尾の一節「此遺書蠟燭の下にて認居候処、只今燃尽候。最早新に燭火を点候にも不及、窓の雪明りにて、皺腹掻切候程の事は出来可申候」に至っては、蠟燭の燃え尽きた後の雪明かりという場面設定をした上で、おのれの信念を貫く武士の孤独なしかも英雄的な自死の形象として、クライマックスを盛り上げていると言える。

このようにして初稿は、乃木殉死に受けた自らの衝動を、手元にあった興津殉死の史料に仮託することによって、支持表明した、いやむしろ歌い上げたと言ってもよい出来事であった。三好行雄氏はこの初稿について、「歴史に仮装した乃木希典への鎮魂曲であった。鷗外はこの小説で、うたうことをすこしも恐れていない」と述べている。[2] ところが翌大正二年の一月に、鷗外は「阿部一族」を同じ『中央公論』に発表している。（日記によると、大正元年十一月二十九日に脱稿し、翌日中央公論社滝田の使いに渡すとなっている）が、この作品は同じ細川家に起こった殉死事件を扱いながら、前作がいわば殉死への賛美に近いものであったのに対し、その反対の否定面が強調されてもいて、しかも前作を発表した後二ヶ月少ししか経過していないことも考えると、驚くべきものであって、注目せざるを得ない。題材は寛永十八年、忠興の跡を継いだ忠利の死をめぐる家臣たちの殉死事件からとられている。史料は「阿部茶事談」に拠っているが、それらは異本が多く、しかも鷗外の拠ったと言われる原本そのものは、現在では、所在不明となっている。（鷗外の拠った史料については、尾形仂氏や藤本千鶴子氏によって詳しく調査されているが、決着はついていない。最近では、新名規明氏が、熊本県立図書館所蔵の『拾玉雑記』巻四に収められた「阿部茶事談」（横田本）を新しく発見され、これが原拠に最も近いか同じ類のものではないかと注目すべき見解を示された[3]。）

内容は、忠利の病が重くなり、彼に仕えていた家臣十八名が殉死の許しを得たが、阿部弥一右衛門という千百石の扶持を得て側近にいた武士ただ一人が許しを得られなかったことに端を発する事件である。忠利の死後、許された家臣たちは、それぞれ殉死し、家中はもっぱらその評判に沸き立ったが、その反動として、不本意ながら生き残った弥一右衛門へは、命を惜しむ男といった悪意のこもった反感と噂が立つ。それに反発した弥一右衛門は、子息を集め、その面前で切腹した。やがて細川家の家督を継いだ光尚は、林外記の策を容れ、殉死者遺族の処遇を決めるに際し、一応弥一右衛門を殉死者と認めながらも他の十八名とは異なり、嫡子にそのまま父の跡を継がせず、知行を嫡子権兵衛の弟四人にも分割してしまう。これに不満を持った権兵衛は、忠利一周忌の法会儀式の最中に、髻《もとどり》を切って位牌の前に供えるという暴挙に出た結果、上を恐れぬ不敬の所行として縛首《しばりくび》にされる。面目を失った阿部一族は本家屋敷に立てこもり、女子どもたちを自らの手で刺殺した上、鎮圧に押し寄せた藩の打手と戦い全滅するというものである。

同じ殉死を扱いながら、前作とは全く異なる内容である。自己の真実な思いを、命を懸けて訴え歌い上げるといった明解で清々しくさえある自己完結的心情の確かさが、ここでは全く見られず、むしろ真実な思いが、悉く抹殺され、無に帰していく沈痛な重苦しいものが、後々までも漂い残されていく趣のあるものである。鷗外のこの変貌は、何に起因するものなのか。尾形仂氏は、これに対して実に明解な解説を与えている。つまり「興津弥五右衛門の遺書」の執筆動機は、乃木事件に対して、当時賛否両論が出されていたが、批判する論調に対しては、近代功利主義の立場に立つ者が多く、それらに対して、献身の徳への注目に傾斜した鷗外の反発だとし、一方「阿部一族」執筆の動機は、同じく乃木事件の影響が、その後「殉死流行」現象を生み出し、(実際にそのような事件が当時あったようであるし、天皇側近に居た人々へ、割腹殉死を勧告し脅迫するといった事例もあった。)そうした時流に対して殉死の否定面を追求しようとした鷗外の反応にあったと述べる。(4)これは実に分かりやすい答えで、時代と向き合うという視点からいえば、あるいはあり得たかもしれないが、それにしてはあまりにもジャーナリスティクであって、しかもその主張の内容が、前者と後者とでは全く反している点など、かえって時代に向き合うよりは、時流に漂っているといった方が正確でもあろう。本当にそうなのであろうか。そのことは、鷗外がこの後新しい史料を得て「興津弥五右衛門の遺書」を大幅に書き改めたことをも視野に入れたとき、改めて見えてくる問題である。鷗外が時代に対して向き合った立ち位置とは、本質的にどのようなところにあったのか。

三

それを窺うために、①「興津弥五右衛門の遺書」改稿の問題に触れ、これが「阿部一族」とどう関わるのかを明らかにした上で、②この時期に至るまでの鷗外の向き合っていた作家としての主題にも触れねばならない。まず改稿について、鷗外日記を見ると、大正元年十二月二十二日に「興津の子孫の事に就きて賀古鶴所と往復す」とあり、多分この頃に「興津又二郎覚書」「興津家由緒書」を入手し得たのであろうと推定され、今一書「忠興公御以来御三代殉死之面々抜書」(この書の奥書に大正元年十二月中旬、七十六翁興純識とある)も、この前後に入手し得たと考えられている。そして鷗外日記の大正二年四月三日には「夕より興津弥五右衛門に関する史料を整理す」とあり、同月六日には「阿部一族等殉死小説を整理す」とあり、さらに同年五月二十四日には「意地を校し畢る」とある。作品集『意地』の出版が大正二年六月であるから、鷗外は「阿部一族」発表後も、新しい史料によって手を加えていた事が明らかだと言えるが、「阿部一族」の改稿はそれほど目立たない(事実関係の誤りを正すことやより詳しい説明程度と言える)が、「興津弥五右衛門の遺書」の場合は、主題にも関わりかねない違いが見られる。事実の違いとしては、①殉死の日時が、萬治元年（一六五八）から、正保四年（一六四七）に改められている。これによって忠興十三回忌頃から忠興三回忌の年に殉死が決行されたことになり、興津の年齢も六十四歳から五十三歳に改められる。②初稿では許しも求めない夜中の孤独な殉死となっているが、改稿では当代（光尚）に許可を与えられた上、暇乞いも許され、過分の手当も与えられ、さらに殉死当日には、船岡山の下に仮屋まで建て、当代の名代や家老等の立会人もおり介錯人もいたことが遺書には記され、その後作者によって死んだ事実が記されている。つまり、当日、噂を聞いた京都の老若男女が堵《と》の如く集まって見物し、「比類なき名をば雲井に揚げおきつやごゑを掛けて追腹を切る」という落首まであったと書かれていて、いかにも晴れ晴れしい武士の面目躍如とした儀式になっている。次に作品の表現内容や構成という面で見ると、①初稿では唐突に見える切腹の理由を、武士としての「死後の名聞の義」が大切だからここに示して世に訴えるとなっていたのが、改稿では殉死に至った顛末を、「子孫の為」に書き残すとなっており、次に長々しい祖父以来の経歴を書き付け、細川家との関係に及んでいる。②相役を殺した事実とその後の処置については大きな変更はないが、改稿では相役が突然刀を投げつけたのをかわして、刀を取り一打ちに討ったことにしている。③その後改稿では、忠利の死に際しての十九人の殉死者に触れ、先代忠興の死に際しての殉死者にも及んで、特に箕田平七や小野友次などに関しては比較的詳しく触れている。④遺書の末には、新しく宛先を倅才右衛門と明記した上、「子々孫々相傳、某が志を継ぎ、御当家に奉對、忠誠を可擢候」と結んでいる。⑤さらに改稿本では、その後に鷗外自身が、弥五右衛門の「絶息」に至る死の事実を記し、興津の系図をあげ、最後に弥五右衛門景吉の後継と、景吉の兄弟についての詳しい経歴をあげている。

初稿から改稿への以上の変化は、かなり大きなもので、実はあまり高く評価されていない。磯貝英夫氏などは、作品としては失敗だとまで言っている。初稿がパセティックな抒情性に貫かれ、デモーニッシュに思想詩、概念詩を謳いあげているのに、改稿本文は、「自然尊重」という名の実証癖による弥縫に終始しているとでも言うのであろう。(5) 確かに初稿本文を読めば、弥五右衛門の殉死を前にした孤独で切実な願望の訴えに、読者も心躍り弥五右衛門と一体となって気持ちよくクライマックスへと盛り上がることが出来るが、改稿本文冒頭の長々しい家系の説明は、盛り上がろうとする読者の意識に水を差すような趣がある。その他、改稿には新しく知り得た事実に従って、ありのままを書き加える冷静さが多く見られる。この冷静さは「阿部一族」で弥一右衛門をはじめ一族全員が滅亡していく凄惨な状況を冷静に史料によって書き進める態度に通じるものであり、そうだとするならば、鷗外は「阿部一族」の創作手法で得た自分なりの確信を、改めて前作にも及ぼそうとした、しかも作品の質的低下も辞さずにそうしたと言えるであろう。竹盛天雄氏が、この改作に後年の史伝に見られる系譜的伝記体の萌芽を見たように、(6) 以後の鷗外はこの方向に実際進んでいく。だとすれば改稿本文の評価は、こうした史伝ものと関係づけて見直される必要もあるのではないか。私はすでに初稿から改稿への変化に注目して、改稿本文の意味について触れたことがある。(7) ここではそれを繰り返さないが、結論だけを簡単に言えば、初稿文体の特色はどこまでも論理に貫かれている点にある。磯貝氏が、初稿を思想詩、概念詩といい、それを謳いあげているというのは、まさしくその通りで、そこでは何故死ぬかの論理的説明と、何故書くかの論理叙述とが渾然一体となっている。そのためにそこでは死に至る論理だけがあって、死んだ事実そのものの叙述はない。いやむしろそれは不必要でさえあるのだろう。これに対して改稿本文の文体は、論理よりも時間関係が中心に描かれている。それは弥五右衛門の殉死に至る切実な願いや思念とは無関係にも流れていく事実そのものの展開でもあって、許可も得たばかりか引き出物や、多くの人からの餞別の詩歌も受け、立派な仮屋の設置に至るまで整って、「いかにも晴れがましく候て、心苦しく候へ共、是亦主命なれば無是非候」と、自ら進んで行う殉死であるのか、周囲に促されて己の死を曝す出来事に進むのか不分明なほどの状況でもある。少なくとも、三好氏が言うように、ここでは、弥五右衛門の「うた」は消されていると言えよう。事実弥五右衛門は、腹を切ったものの介錯人の失敗で、見事には死にきれず、「喉笛を刺されい」と言ったまま「絶息」していくのである。猪狩友一氏はこの絶息について「殉死を意味づけないことで、〃無意味さ〃を意味たらしめている」作者の語りに注目している。(8) 氏の意図した意味とは少しずれるかも知れないが、無意味さの意味とは、「歴史其儘と歴史離れ」(大正四年一月『心の花』)で鷗外が表明した「史料を尊重する念」とも関わる問題でもあろう。

四

この文章は、あまりにも有名であると同時に、意味の定めがたいものでもある。これは鷗外が何かを説明しようとしたものであるよりは、一種のマニフェストと解すべきものであるかも知れない。まず彼は歴史上の人物を取り扱った自分の作品が、小説ではないとか批評され議論されることについて、「あれらの小説は、誰の小説とも違う」と述べ、「小説には、事実を自由に取捨して、纏まりを付けた迹がある習であるに、あの類の作品にはそれがないからである」と説明する。そしてなぜそうしたかと自問し、その動機は簡単であると答え、①「わたくしは史料を調べて見て、其中に窺はれる『自然』を尊重する念を発した。そしてそれを猥に変更するのが厭になつた」②「現存の人が自家の生活をありの儘に書くのを見て、現在がありの儘に書いて好いなら、過去も書いて好い筈だと思つた」の二点を説明している。しかしこの答えや説明は、あまりにも簡単すぎる上、独断的でさえある。「発した」「厭になつた」「思つた」「好いなら……好い筈だ」というのは、説明と言うよりは開き直りでもあろう。ただそれは、自分の信念や行動についての不安や不信、さらには狐疑逡巡の結果によるものではなく、自分の確信に響き合う成果を引き出した充実感によるもので、それは他者に理解してもらう必要もないほどのものでもあったと言えよう。この充実感が特に注目されるのは、歴史小説を書き出す前の、所謂中期世界に見られた空虚感や寂しさとは全く異質の出来事だからである。「あそび」「傍観者」「resignation」などよく言われる態度には、現実を超然とした高みから見下ろす視線が感じられるが、一方たとえば「青年」「カズイスチカ」「妄想」などに見られるのは、そうした高踏的態度の土台にある底知れない空虚感と寂しさである。「青年」の純一は、坂井夫人を追って箱根に出かけるが、彼女は画家の岡村と一緒にいて、純一と応対する。次第に不快になった純一は、たまりかねて夫人の部屋を辞し、自分の宿に帰る途中陥るのも「強い寂しさ」であった。そして箱根を立つことを決意し、翌朝はさらに今何か書けるような気もして、そのsujet について「国の亡くなつたお祖母あさんが話して聞かせた伝説」に定めるが、しかし同時に「ああ、併しなんと思つて見ても寂しいことは寂しい。どうも自分の身の周囲に空虚が出来て来るやうな気がしてならない」という。また「カズイスチカ」では、花房医学士が父に比べて、始終何か更にしたい事、する筈のことがあるように思いながら、そのしたいこと、する筈の事は分からない空虚感を訴えている。さらに「妄想」では、海を眺める白髪の老人に、近代自然科学としての医学を学ぶためにドイツに留学した若い頃の「心の寂しさ」を語らせ、自分のしている事が生の内容を充たすに足るかどうか、今日に至るまで不明な状態を、口惜しく残念に思うと同時に、「痛切に心の空虚を感ずる。なんともかとも言はれない寂しさを覚える。それが煩悶になる。それが苦痛になる」と告白させている。つまり「あそび」とか「傍観」といった一種悟りすましたかのような態度は、このような空虚と寂しさを土台としても成り立っていたのである。

ところが歴史小説を書き出して以後の鷗外には、この空虚と寂しさに響く逡巡やためらい、さらには右顧左眄《うこさべん》が見られなくなる。ただ初稿「興津弥五右衛門の遺書」には、突然であった外からの衝撃、乃木殉死に触れて、それまでの逡巡の反動として、それを一気に振り払った思いを吐き出したところが見られた。これは鷗外にしてみれば、「追儺」で指摘した夜の思想にもあたるものであったろう。つまり夜中に旨く解決した積もりで、翌朝になって考えてみると、解決にも何にもなっていない、当てにならぬところのある思想である。鷗外はこの「追儺」の冒頭で「悪魔に毛を一本渡すと、霊魂まで持って往かずには置かないと云ふ、西洋の諺がある」とはじめ、自分が何かたとえば「人生意気に感ずといふやうな、おめでたい、子供らしい、頗るsentimenntalなわけで書く」と色々なところから書けと迫られ、役所から帰つて夜中に書いている、と筆をすすめて叙述しているので、先のおめでたい、子供らしい内容の書き物とは、この夜の思想に通じるものであろう。他方鷗外は「ヰタ・セクスアリス」で、「金井君はNietzscheのいふDionysos的なものだけを芸術として視てはゐない。Apollon的なものをも認めてゐる。」と語らせている。こうした文脈から言うと、鷗外の言うディオニソス的なものと、夜の思想とには共通したものがあったようである。初稿「興津弥五右衛門の遺書」に見える特色の一面には、燈火の燃え尽きた暗闇での切腹などに象徴されているように、このディオニソス的なものの発露が確かに窺えるのである。しかしそれは鷗外の個性にとっては一時的なものであって、その反動が「阿部一族」創作に於いて盛り返し、アポロン的観照態度の徹底へと沈静していくのだと言えよう。つまりディオニソス的な激しい波動をくぐり抜けたアポロン的な沈静、この両者の交錯が、鷗外歴史小説の特質だと考えられるのである。

またこのような意味でのアポロン的観照や冷静が、もはや超然とした高踏的態度とも異なるものであることについては、歴史小説発表後も書き継がれた五條秀麿ものの最後を飾る「槌一下」(大正二年七月)にも象徴的に窺える。この作品は、鷗外が新橋駅に梨本宮を見送りに行ったときの体験と、別な日に同じ新橋駅にキリスト教信者で、出獄者や不良青年の更生施設を建て、献身的に働いた本間俊平を見送った体験とが、対照的に描かれたものである。まず最初の体験で、秀麿は人に勧められるまま暇乞いをするつもりで、二三歩進み出ると、警護の軍人らしき男から、肩に手を掛けられて押し戻されながら、「今日は一般の謁見はありません」と拒否された。その屈辱を心のうちに反芻しながら、阿諛便佞《あゆべんねい》の獣のような情が自分の心に潜んでいることを自覚して、むねが悪くなってくるというものである。これと対照させるように、みすぼらしい三等車に乗ろうとするH君の生き様に、素直な感動を語る。そして「われは鍛匠《たんしょう》を羨む。槌の一下を以て日々の業を始む」というドイツ女の詩を思い出し、まさにそのようなH君夫妻の日常生活を思い見つめているのである。その感動に基づく第二の体験は、自己否定された屈辱の体験によって、逆に際だってもいた事がよく分かる。こうした自己否定を介して得た感動に、鷗外に特有なアポロン的観照の意味があったと考えられるのである。

五

以上の事を間接的ながら、最もよく象徴的に示すものが、すでに指摘した「雁」発表経過である。この作品は明治四十四年九月一日発行の『昴』に「壹」「貳」「參」が発表され、以下同誌の十月一日に「肆」「伍」、十一月一日に「陸」「漆」、十二月一日に「捌」「玖」、翌年二月一日に「拾」「拾壹」、三月一日に「拾貳」、四月一日に「拾參」「拾肆」、六月一日に「拾伍」「拾陸」、七月一日に「拾漆」「拾捌」、改元した大正元年九月一日に「拾玖」、それからしばらく途絶えて大正二年三月一日に「貳拾」、五月一日に「貳拾壹」と発表された後、また今度は二年も途絶えて、大正四年五月十五日に残りの「貳拾貳」「貳拾參」「貳拾肆」を合わせた単行本「雁」として籾山書店から刊行されたものである。これによると、規則的に連載されていたものが、歴史小説の開始によって少し途絶えて、ようやく大正四年五月に完成発表されたことが分かる。ということは鷗外文芸の突然ともいえる変貌に、作品「雁」もその影響を受けていたのではないかとの予測を立ててもおかしくはないだろうということである。事実作品「雁」は、「拾玖」と「貳拾」との間に比較的大きな断層とも言うべき飛躍が見られるのである。それはお玉の決定的な変貌として表れる。

この作品は、冒頭「古い話である。僕は偶然それが明治十三年の出来事だと云ふことを記憶してゐる」と始まり、当時東大の鉄門の向かいにあった上条という下宿屋に隣同士で住んでいたこの作品の主人公岡田との交友関係にあった「僕」が親しく見聞したことを回想するように描かれている。医学生の岡田は美男で体格も学業も優れ、下宿のお上さんをはじめ周囲の誰からも信頼される男であった。その彼が規則正しい毎日の散歩の途上、高利貸し末造の妾として無縁坂に並ぶ一軒の寂しい家に住んでいたお玉と、窓越しに不図目を合わせ、帽をとって会釈したことをきっかけに始まった、お玉とのかかわりを岡田の側から描くように見えた。その岡田は、一方で「金瓶梅」や「虞初新誌」の小青伝を愛読する一面もあって、窓の女（お玉）との関係もそのような方向に進むかに見えたが、「肆」で作者は、窓の女の素姓を、都合上ここでざっと話すといって、末造とお玉の経歴と関係に及ぶ。しかしこれが意外と長くなって、お玉が岡田と出会う最初の時間に戻るのは「拾陸」であった。そして「拾玖」で、末造がお玉のために買った紅雀が、蛇に襲われそうになったのを、いつもの散歩の途上で出会った岡田が蛇を斬り殺して紅雀を救う場面が描かれる。最初の中絶はここで起こるのである。そして約半年後の大正三年三月一日に再開された「貳拾」は、次のように始まる。

岡田に蛇を殺して貰つた日の事である。お玉はこれまで目で会釈をした事しか無い岡田と親しく話をした為めに、自分の心持が、我ながら驚く程急激に変化して来たのを感じた。

お玉変貌の内容を作者は更に、「岡田はお玉のためには、これまで只欲しいものであつたが、今や忽ち変じて買ひたい物になつたのである」と説明している。お玉はそれまで、自分の運命に圧し尽くされて、あきらめと忍従のうちに生きる寂しい受け身の姿として描かれてきたが、ここから突然、自分の欲望に身を任せる激しく妖艶でさえある積極的な女へと変わるのである(9)。末造の不在を計算したお玉が、先日の礼を口実に、岡田と一夜を過ごすべく整えて準備したその日、岡田の散歩はたまたまその日の上条の夕食に、青鯖の味噌煮が出たため、それを嫌う僕が、岡田を誘って散歩に出たことによって、不首尾のうちに終わってしまう。お玉は僕がいるために、声をかけることが出来なかったのである。いつもの時間とは違っていたので、お玉はそれでも待ち続けたのであるが、僕と岡田は不忍池で今一人の友人石原と会い、池の雁に、投げた石が届くかを試そうと、岡田が逃がすつもりで投げたところ、一羽の雁に命中する。やがて暗くなるのを待って、石原が水に入り雁を取り、三人でそれを肴に飲もうとする。お玉は家の前で待ち続けて、その三人を迎えるが、その顔は石のように凝って、その目の底には無限の名残惜しさが含まれていた。結局その翌日に、岡田はドイツ留学に旅立ち、お玉の願望は不発のまま消されてしまうことになる。

この作品はすでに指摘したように、岡田を主人公にして、親しく交わった僕の視点から構想されたものが、途中からお玉がむしろ中心になって展開していく。そのお玉のことをどうして僕が知ったのか、これが当然疑問として残るためか、結末で僕は岡田がドイツに去った後、図らずもお玉と「相識」になって聞いたと言い、「前に見た事と後に聞いた事とを、照らし合わせて作つたのが此物語である」とまとめている。物語構成の意図を、後になってこのように説明しなければならないほど、作品は当初の意図から離れていったものとなったということであろう。結局作品はお玉が主人公となり、その切実な願望が打ち消されていく悲劇として結実することになった。その悲劇はお玉のディオニソス的な激しい願望に基づく行動に由来するもので、その激しさがそのまま冷酷に否定されていく経過によく示されている。その変貌が歴史小説開始の経過とよく重なり合っているのである。つまり初稿「興津弥五右衛門の遺書」で、鷗外はディオニソス的激情を興津の口を借りて吐露したが、「阿部一族」執筆では、そうした激情が事実としては冷酷無惨に打ち消されていく経過をアポロン的冷静さによって描ききったのであり、その方向で「興津弥五右衛門の遺書」を改稿したのである。「歴史其儘と歴史離れ」では、自分の作品の特色について、ディオニソス的でなく、アポロン的だとくり返し、「わたくしが多少努力したことがあるとすれば、それは只観照的ならしめようとする努力のみである」と言い切っているが、事柄はしかしそれほど単純ではない。なぜなら彼はそれに続けて「わたくしは歴史の『自然』を変更することを嫌つて、知らず識らず歴史に縛られた。わたくしは此縛の下に喘ぎ苦しんだ」と述べているからである。彼の云うアポロン的とは、この喘ぎ苦しむ代償として、またその苦痛をわが身に引き受ける意志によって、はじめて成立するのである。たとえばそれは子息の前で腹を切る弥一右衛門の意志にも通じ、改稿本文での興津がその法名に残した「孤峰不白」の意志にも通じるものであろう。一体にアポロン的とかディオニソス的とかの言葉は、鷗外自身が自己の資質として説明したものであるが、アポロン的だという自己資質の前提として、内部のディオニソス的激しさがあることについては、すでに「ヰタ・セクスアリス」の結末で、アポロン的なものを芸術として認めていると述べた後、しかし「自分の悟性が情熱を枯らしたやうなのは、表面だけの事である。永遠の氷に掩はれてゐる地極の底にも、火山を突き上げる猛火は燃えてゐる」と明確に述べている所であった。つまり鷗外は、冷ややかな悟性に貫かれてアポロン的になればなるほど、内部の地極の底にある情熱の猛火は、火山を突き上げるように激しく燃えているということである。その激しく燃える反動としての寂しさが、中期世界では強調されていたが、歴史小説ではそれがアポロン的意志の貫徹によって、沈黙のうちに受容されていくのだと云えよう。

注

（1）『風雪』一九四八、三、一から十二、一まで連載。引用は『正宗白鳥全集』第二十一巻、福武書店、三三二頁に拠った。

（2）「〈歴史〉への端緒「興津弥五右衛門の遺書」と「阿部一族」（『三好行雄著作集』第二巻、九十九頁、一九九三、四、筑摩書房）

（3）新名規明『鷗外歴史文学序論』（二〇一三、五、梓書院）

（4）尾形仂『森鷗外の歴史小説─史料と方法』（五十三～五十四頁、一九七九、十二、筑摩書房）

（5）磯貝英夫「鷗外歴史小説序説」（『文学』一九六七、十一）

（6）竹盛天雄「歴史小説『意地』おぼえがき」（『明治大正文学研究』第二十二号、一九五七、七）

（7）拙稿「興津弥五右衛門の遺書」について（一）（『活水日文』九号、一九八三、十）

（8）猪狩友一「興津弥五右衛門の遺書」における語りの構造（『日本近代文学』五十二集、一九九五、五）

（9）岡崎義恵氏は、「拾玖」以後の鷗外の形象方法が、それまでの硯友社的乃至自然主義的写実を鏡花的に蹴返す、浪漫主義的なものへと変化発揚していく、と指摘している。（『鷗外と諦念』一九六九、十二、宝文館出版）

渡辺玄英

一九六〇年代と現代詩

私たちがふだん生活をしている中で、漠然と感じているけれど明瞭に言葉にならない感覚や雰囲気といったものがあります。あるとき、それをある表現が言葉や形にすると、人々はハタと膝を打つわけです。「ああ、そうなんだ！　アレはコレだったんだ」と。アレとかコレでは何が何だか分かりませんが、文学をはじめ芸術表現によって、人は自分や世界の中の不明瞭だった〈何か〉に気づかされるものなのです。

今日は『文学の力─時代と向き合う作家たち─』の連続講座で、「一九六〇年代と現代詩」という括りで話をしていきます。現代詩だけではなく歌詞の言葉なども含めて表現を読み解いていくと、当時は不明瞭だった〈アレ〉が見えてくるのではないかという趣旨で、これからいくつかの〈アレ〉を探していくことにしましょう。

日本の六〇年代をまず振り返ると、経済と社会運動の時代といえるでしょう。経済は高度経済成長の時期です。六〇年に池田勇人内閣の所得倍増政策があり、ちなみにこの六〇年の実質GDP成長率は12％で、それからの十年間に何度も10％台を記録しているような稀有な成長時期でした。六二年には東京の人口が一千万人を突破し、六四年は「東京オリンピック」、六五年は「いざなぎ景気」、六七年には「昭和元禄」という言葉が生まれ、七〇年には「大阪万博」となります。日本の好景気は七一年の「列島改造ブーム」あたりまで続き、七三年の第一次オイルショックで一旦の終焉を迎えます。この年がプロ野球の巨人の九年連続優勝、V9の年ですから、巷間、V9と高度経済成長が同時期だったというのは概ねその通りです。しかし、光があれば影もできるわけで、全国で公害が社会問題化しますし、都市の過密と地方の過疎もこのころから深刻化していきます。失踪が増え、当時は「蒸発」という言葉で表現されますが、繁栄の背後で人間疎外が顕著になっていった時代でもあったわけです。

一方、社会運動の方は、まず六〇年に安保闘争が戦後最大の反体制的市民運動として起こります。その終息後にも、六〇年代はさまざまな社会運動が起こりました。米国のベトナム戦争への反戦運動や中国の文化大革命に影響された動きや、当時の社会問題の公害を糾弾する運動や大規模な労働争議もありました。六六年には成田空港闘争が始まり、六八年にはエンタープライズ入港阻止の佐世保闘争、そして同年、全国的に学園紛争が起こります。ところが原理主義的な反体制運動、左翼運動は先鋭化すると次第に攻撃的になっていく部分があって、その極致に七二年の連合赤軍事件があり、左翼幻想とでも言うべきものが終焉していくのだと思います。七〇年代後半の若者気質を、当時、かれらは「シラケ」という言葉で語っていました。社会や政治に対して、「ノンポリ」どころか白けている、という状態だったのです。

大急ぎで、六〇年代から七〇年代の初めまでを振り返ってみました。ここからは具体的な作品の言葉を眺めていきましょう。

まず六〇年の出来事といえば、まず安保闘争ということになります。最大の事件は六月十五日に起こりました。国会を取り巻いて一説では三三万人（警察庁発表十三万人）が抗議デモを行っていた中、衆議院南通用門付近で、デモ隊と機動隊が衝突します。その混乱のさなかに樺美智子さんという女子大生が圧死する事件がありました。重傷者も四三人と記録にあります。

先日の六月四日、DJポリスが渋谷駅前で見事な群衆整理を行って、殺気立つほど熱狂していた群衆が笑顔で整然と行動しトラブルにならなかったのとは、状況や時代が違うとはいええらい違いです。

樺美智子さんの死亡は、まだ武闘的ではなかった六〇年安保闘争での最初の死者だったのです。その悲劇性に当時の人々は衝撃を受けたわけです。多くの表現者がこの事件を語り、作品に描くことになります。

その一例として、永六輔（一九三三〜）が作詞して、六〇年に大ヒットした「黒い花びら」（歌、水原弘）を最初にみなさんにご紹介しようと思って準備していました。なぜなら、永六輔がいろいろなコンサートやインタビューでこんな発言をしているからです。「これは樺美智子の歌でね。六〇年安保のときね、僕は仕事ほっぽって国会前に行ってたんですよ。そこで樺美智子が亡くなって……」、ここで彼は涙に言葉をつまらせます。この発言は二〇一一年二月十六日の小室等のライヴでの、ゲストでステージに登場した際の永六輔のものです。同様のことを今年、NHKのTV番組でも語っています。なんだか、事件のすぐそばに彼はいたみたいの物言いです。歌詞は「黒い花びら、静かに散った」で始まりますから、まるで死を弔う涙のように「黒い花びら」が散っていくイメージと、一人の少女に悲劇的に訪れる死のイメージが重ねられていく、なかなか素晴らしい歌詞だと、なるほどと思えますが、実のところわたしは騙されるところでした。あろうことか、調べてみると「黒い花びら」の発売日は、樺美智子事件の前なのです。五九年七月発売。どう考えても辻褄が合いません。NHKも裏を取らずに放送しています。永六輔は記憶が曖昧になっているかも知れませんが、嘘をつくなと言いたい。そんなわけで、みなさんのお手元の資料から「黒い花びら」を削除しようと思ったのですがすでに間に合いませんでした。

　では、歌謡曲「黒い花びら」はさておき、現代詩を見てみましょう。現代詩は戦後のその始まりから思索的かつ思想的傾向を持っていました。ですから安保闘争のような運動にかなり意識的に関わった詩人は大勢いましたし、樺事件を題材にしたり、主題にしないまでも部分的なモチーフにする作品がいくつもあります。

代表作として天沢退二郎（一九三六〜）の詩「眼と現在」を紹介しましょう。六一年の詩集『朝の河』に収録された詩です。作品の副題に「六月の死者を求めて」とあり、樺美智子のことを指しているように読めます。

何よりもまず
その少女には口がなかった
少女の首をはさみつけている二本の棒には
奇妙な斑とたくさんの節があった
みひらかれた硬い瞳いっぱいに
湿った壁が塡っていた
その壁の向こう側から
死んだ少女のまなざしはきた

少女の首から下を海が洗っただろう
波にちぎれた腸やさまざまな内臓は
みがかれ輝いて方々の岸に漂いつき
それぞれ黒い港町に成長していっただろう

手足だけはくらげより軟かくすべすべして
いつまでも首の下に揺れ続けただろう

長大な蛇よりも長大な一羽の鳥が
もっと長くなるために身をよじっている
稀になった羽毛がひとつ散るたびに
子どもがすばやく駆けよっては
母親の叱声に引き戻される
見上げるとぼくらの上に空はせばまり
鳥の呻きの翔けのぼる白い道すじが
その鳥よりも長大な幟をふるわせるばかりだ

壁はつめたくそして軟かかった
手を入れれば入り底はなく
ただ透った非常に高いひとつの声が
たくさんの小さな血の鞠となってちらばっていた
それらを伝わってあのまなざしはきたと

信じぼくらは向こう側へ出たが——
ぼくらは黒い港町の廃墟をただ歩きまわった
死んだ少女のにおいがときに流れると
そのあたりに必ず一組の母子がひそんでいた
細かいひだのある臭い土管をいくつも跨いだ
帰るみちはもうわからなかった

（全編）

冒頭が「何よりもまず／その少女には口がなかった」です。すでに異常な状態ですが、慣用句に「口封じ」という言葉もありますから、暴力的に殺されたイメージです。また、口が奪われたと取れば、言論や表現の自由への圧迫と解してもいいでしょう。次の「少女の首をはさみつけている二本の棒には／奇妙な斑とたくさんの節があった」は、少女を死に追いやった暴力の表現です。「棒」に暴力のイメージと、警棒から連想すれば「警察＝国家権力」をイメージできます。なぜ「二本の棒」かといえば、もしかしたら「二本」に日本を掛けているのかもしれません。なぜなら、「奇妙な斑とたくさんの節」とは米国の星条旗のネガティブイメージとも取れるからです。日米の暴力の狭間で死が彼女にもたらされたわけです。
　第二連にはシュルレアリスム的な悪夢のようなイメージが語られます。第三連の「長大な蛇よりも長大な一羽の鳥が／もっと長くなるために身をよじっている」とあり、デモ行進の様子を具体的に想像できますし、同時に左翼的な運動体の苦しげな有り様を重ねているようにも読めます。「見上げるとぼくらの上に空はせばまり」というのですから、自由でのびのびとした状態とは逆の状態なのです。

第四連では「ただ透った非常に高いひとつの声」と「たくさんの小さな血の鞠」が、惨劇を匂わせています。そして続いて、「それらを伝わってあのまなざしはきたと／信じぼくらは向こう側へ出たが―／ぼくらは黒い港町の廃墟をただ歩きまわった」とありますから、信じて進んでも不毛な状態に陥るしかなかったと語っているのでしょう。最後の一行が「帰るみちはもうわからなかった」と、「ぼくら」は挫折のなかで迷子のようになっていることが分かります。

他にもさまざまなことが読みとれる詩ですが、例えば「母親」や「母子」というくだりから日本の血縁的保守的共同体とのしがらみ等を考えることもできそうです。しかしひとまず注目したいのは次の二つです。

一つには、樺事件をモチーフにしながら、当時の進歩的・知的青年の苦悩や危機意識を表現し得ているということ。二つには、これはこの後に話題にする「空」の表象が、前述のように当時の青年の心象の典型（点景）として描かれているということです。一般的に「空」は飛ぶ空間ですし、無限に広がる「空」は自由や希望や解放のシンボルです。ところが、この詩での「空」は「長大な一羽の鳥が」飛べずにいる空であり、狭い上に「鳥の呻き」と「長大な幟」がふるえるばかりの空なのです。この「空」のイメージを心に留めて次の作品を見てみましょう。

高度経済成長期の心性がどのような詩の言葉に現われているかを、「空」という言葉に気をつけて探ってみます。とはいえ現代詩で、高度経済成長を肯定的に礼賛している有名な作品というのは思い当たりません。そこで、歌詞をサンプルにします。オリンピックを翌年にひかえた六三年に、日本で最初の連続TVアニメが放映されて大ヒットします。手塚治虫（一九二八～一九八九）の『鉄腕アトム』です。この同じ年に、他に『エイトマン』と『鉄人28号』という二本のロボットアニメが放映されます。いかに当時が科学技術の時代だったか分りますし、タイトルから、「鉄」への憧れが強かったことも窺えます。まず『鉄腕アトム』の歌詞を見てみましょう。

空をこえて　ラララ
星のかなた
ゆくぞアトム
ジェットのかぎり
心やさしい　ラララ
科学の子
十万馬力だ　鉄腕アトム　（第一連）

有名なことですが、歌詞は谷川俊太郎（一九三一～）が書いています。明日が来るのが待ち遠しいと日本人の多くが感じていた当時、この六三年は東海村原子力発電所が完成した年でもあります。日本人にとって原子力エネルギーはタブー視されますが、『鉄腕アトム』にその傾向はありません。歌詞でも分るように、科学と希望と未来がひとつになって肯定されています。「バラ色の未来」や「科学万能」といった言葉が人々の口に上っていた時代です。「心やさしい」「科学の子」とあるように、科学と心の共存が信じられ、科学がより良い未来をもたらしてくれるという信頼が溢れています。明るい未来と科学への肯定が、歌詞の言葉で描かれているのです。そして、「空をこえて」「星のかなた」という言葉から、「空」が肯定的な無限性を有していることが分ります。

次に同年放映の『エイトマン』の歌詞（作詞・前田武彦（一九二九～二〇一一））にも「空」が登場しますので見てみましょう。冒頭部分だけ紹介します。

光る海　光る大空　光る大地
行こう無限の地平線
走れエイトマン　弾よりも速く
叫べ　胸を張れ　鋼鉄の胸を

ここにも「鋼鉄」が出てくるのは興味深いのですが、それよりも「空」です。「光る大空」のその下には「無限の地平線」があるというのです。空は希望の象徴であり、それは無限だと信じることができた時代の心性をこうした歌詞の「空」に見ることが出来そうです。そして、それを担保していたのは科学、しかも「鉄」に代表される重工業への信頼だったのではないでしょうか。当然、こうした心性は高度経済成長が育んだ希望であり明るい夢です。これを光とするならば、次に影の側面を現代詩で見てみましょう。

ＴＶアニメ元年の六三年、鈴木志郎康（一九三五〜）が詩集『新生都市』を出しています。その表題詩「新生都市」は次のような作品です。

空に雲はなかった
雷鳴もなかった
風はひたすらペンペン草をゆらした
わたくしはその時を知っている
暗い穴から最初の血まみれの白い家が現れた
女の穴から血まみれの家は次々に現れた
乾いて行く屋根の数は幸福であった
それは今女が生み落したばかりの都市であった
人間のいない白い道路

人間の影のない白い階段
純白の窓にはもう血痕はなく
壁は余りにも自由であった
コロナに輝く太陽の下に
腐って既に乾いて行く母親の死体の上に
白色に光る直線の都市はおどろくばかりの速さで
人間はなく
風はなく
既に空さえもなかった
（全編）

社会が豊かになっていく中で「白い家」が次々に現われ、都市が生まれていくのですが、詩人の眼は異様な姿でそれを捉えています。「人間のいない」、「人間の影のない」ばかりか、「純白の窓にはもう血痕はなく」というほど、究極の人間疎外によって成立しているのが「新生都市」だと読むことが出来ます。しかもこの都市は表面こそきれいですが、その出自は呪われているかのようです。「暗い穴」から出現するという設定や、「腐って既に乾いて行く母親の死体の上に」成立しているというのですから。

では、この詩の「空」はどうでしょうか。最後の三行で「人間はなく／風はなく／既に空さえもなかった」とあるように、不穏に「空」の不在で終ります。この詩は、高度経済成長期の都市拡大への影の表現を成し得ていると言えますが、ただし重要なのは「空さえなかった」というからには、「空」自体は肯定されているということです。「空」そのものの価値は損なわれていません。

六〇年代の現代詩に登場する「空」は、詩がネガティブな軋みをあげている場合でも、それほど価値が損なわれていない気がします。希望の象徴である「空」。時代の心性を反映した無限の「空」があって、ネガティブな側面を描く際に、〈希望の空〉が損なわれたものとして使用されるという構図です。だから「空」そのものはポジティブな価値なのです。

例えば、この時代のアンソロジーピースとして有名な詩に、堀川正美（一九三一〜）の「新鮮で苦しみのおおい日々」があります。六四年の詩集『太平洋』収録の作品です。冒頭からの前半部分だけを紹介します。

時代は感受性に運命をもたらす。
むきだしの純粋さがふたつに裂けてゆくとき
腕のながさよりもとおくから運命は
芯を一撃して決意をうながす。けれども
自分をつかいはたせるとき何がのこるのだろう？

恐怖と愛はひとつのもの
だれがまいにちまいにちそれにむきあえるだろう。
精神と情事ははなればなれになる。
タブロオのなかに青空はひろがり
ガス・レンジにおかれた小鍋はぬれてつめたい。

（部分）

第一行の「時代は感受性に運命をもたらす。」がたいへん鮮烈です。内容は、先に取り上げた天沢退二郎の「眼と現在」にも共通するような、政治的な時代に進歩的であらんとする青年の苦悩が表出されている詩です。「眼と現在」がシュルレアリスム的だったのに対し、この詩は二つの概念に引き裂かれていくほかない苦しみを自己言及的に語っています。「空」は第二連目に登場します。「タブロオのなかに青空はひろがり」とあるように、苦悩する青年の発話者にとって「空」はタブロオのなかに、つまり額縁を嵌められた形で存在している、というのです。枠に嵌められた「青空」は自由にならない状況の心象です。ただし注意したいのは、この詩でも「青空」そのものはポジティブな価値で使用されていること。高度経済成長期に「空」という言葉は、希望や自由といったものの象徴として使用されていたのです。

では、その傾向がいつ頃まで続いていたのか確認はとっていませんが、日本経済が明確にどん底を味わったバブル崩壊後の作品と比較してみましょう。一般的にバブル経済の崩壊は九二年と言われています。以降「失われた二〇年」と言われるほど日本経済は低迷期に入ります。九二年の崩壊当初、数年の辛抱だよと言う経済人がたくさんいましたが、そんな生易しいものではなくて、九七年には四大証券の一つ山一証券が廃業に追い込まれ、九八年には何と日本長期信用銀行が整理される事態にまでなるほど、企業の経営破綻が続出する大不況になります。また、経済とは別に九五年の阪神・淡路大震災やオウム真理教事件が、長らく続いた日本の安全神話に終止符を打ちます。そうした時期の「空」を印象的に描いたヒットソングに「夜空ノムコウ」がありました。歌詞には高度経済成長期とは違った表情の「空」が現れています。九八年のSMAPの大ヒット曲で、歌詞はスガシカオ（一九六六〜）です。

あれからぼくたちは
何かを信じてこれたかなぁ…
夜空の向こうには
明日がもう待っている

誰かの声に気づき
ぼくらは身をひそめた
公園のフェンス越しに

夜の風が吹いた

君が何か伝えようと
にぎり返したその手は
ぼくの心のやわらかい場所を
今でもしめつける

あれからぼくたちは
何かを信じてこれたかなぁ…
マドをそっと開けてみる
冬の風のにおいがした

（中略）
あのころの未来に
ぼくらは立っているのかなぁ…
全てが思うほど
うまくはいかないみたいだ

このままどこまでも
日々は続いていくのかなぁ…
雲のない星空が
マドのむこうにつづいている

あれからぼくたちは
何かを信じてこれたかなぁ…
夜空のむこうには
もう明日が待っている

全体が醸し出す雰囲気が重要なので少々長く紹介してみました。表面的にはラヴソングですが、いわば時代の不安がここにあります。確かなものや信じられるものが何もない、そんな時代に生きている不安が縷々と語られている詩です。とりわけ興味深いのは「空」で、「夜空のむこうには／明日がもう待っている」の二行だけならば希望が待っているニュアンスのはずですが、全体を読むと「明日」が希望ではなく、今日と同じのただ不安な明日でしかありません。つまり「夜空」の先には不安しかないのです。それは後半の「雲のない星空が／マドのむこうにつづいている」からも分かります。これもこの二行だけならば、クリアな星空がつづいているというポジティブなイメージですが、その二行の直前に「このままどこまでも／日々は続いていくのかなぁ…」とありますから、出口の見えず倦怠感や疲弊感から抜け出せない「星空」ということになります。要するにこの詩の「空」は、「空」そのものから希望や未来や無限といった性格が奪い去られている、少なくとも非常に希薄になっているということです。いわば〈喪失の空〉あるいは〈不安の空〉とでも言うべきもので、六〇年代の可能性に満ちた〈希望の空〉と比較するとずいぶんな違いがあることが分ります。時代の変化を、言葉の在り方の差異として顕在化させている好例だと言えるでしょう。

話題を六〇年代に戻します。経済ではなく、残りの時間で若者の左翼ムーヴメントが盛り上がる六〇年代後半の現代詩を紹介します。特に六八年頃から闘争で死者が出始め血生臭い様相が現れます。佐々木幹郎（一九四七〜）の詩集『死者の鞭』（七〇年）から表題詩の部分を読みます。

その橋の上で
朝の光がうず高く黒衣をつみ上げる頃
時代の鼓膜が耳一杯張りつめられて
刈り込まれた耳朶の後ろから
鞭の音が迫る
その今も

乾上がった咽喉仏を苦い唾液で濡らし
シュプレヒコールをくり返す背後の
プラットフォームに影のように立つ私服刑事の
青いネクタイが眼の底に落ちる
二重にかすれていく目の前の未来へ

夜
たとえば力なくたれている両手首を渡る手錠の鋭い光に
暗い顔を映すと
ちぎられている悲鳴や司令など
全員検挙!　全員検挙!
ヘルメットを守る十指の骨が
凍てついたまま
潰れる感覚の中で
体を崩してゆく路上に
心はダリアの花のように開いていった
（中略）

縛られたまま
未来の声の方へ走り抜ける
縛られたまま
未来の声の方へ倒れ込む
（後略）（部分）

警察とデモ隊の緊張関係が描かれています。学生運動に加担している若者が暴力的に検挙されているような場面が想像できます。メタファを効果的に使って、発話者側が官憲から抑圧される様子や心情が表現されている詩です。重要なことは二つあって、一つは最後の「未来の声の方へ」の繰り返しで分りますが、「未来」が信じられていること。これはこの時代のメンタリティとして注目すべきことです。もう一つは、詩の雰囲気がヒロイックであることです。これは敵味方に世界が分かれていて、しかも正義や大義が発話者側にあると信じられているからだと思います。自分や自分の価値観にそれなりの信頼が担保できないとヒロイックにはなれないからです。

同じ時期に活躍した清水昶（一九四〇〜二〇一一）の詩にも、メタファとヒロイズムといった特徴が見て取れます。六九年の詩集『少年』に収録の詩「眼と銃口」を読んでみましょう。

熟した未婚から顔をあげるわたしは

奢れる雪に凍えるまぼろしの党員となり
銃眼に火の眼をこめて失速した日を狙う
ゆらめく敵は人間ではなく
人影のようにざわめくかん木の林であり
遠い夏にねばるあなたをおしひらきわたしは
バラや野苺の棘に素足を裂いて
荒れた胸でささくれる怒りを踏みしめ
明後日へと深い林を遊撃する
用心しようわたしも死ぬのだ
水の笑いに老いた父のようにではなく
遊撃をゆるめた脚ではねる鉄の罠に噛まれ
血潮のめぐる空の下あなたの愛を
ナイフのようにわが冷肉につきたてたまま
死ぬならば
神無月の朝に死ぬ

（全編）

ラストの四行の陶酔感がすごくて、今となっては悪酔いしかねませんが、想像するに当時はこの陶酔感無くては反体制運動は成立しなかったのかもしれません。その頃、高倉健の任侠映画が学生運動や新左翼運動の若者たちを魅了していたと聞きますが、悲劇的なヒロイズムが共感を招いたからでしょうか。

もっとも、こうしたヒロイズムと左翼幻想に大きな亀裂が入る、七二年の連合赤軍事件までもうあとわずかだったわけですが。説明するまでもなくセクト内部での集団リンチで一二人が殺害され、浅間山荘では三人の警察官と一人の民間人が射殺される大事件です。

七二年の連合赤軍事件あたりを境に左翼幻想は次第に終息に向かった感があります。左翼思想の神話が力を失っていくのです。

一方、高度経済成長も同じ七二年あたりに曲がり角を迎えます。先ほど「未来」が信じられていた時代だったと言いましたが、この時期の日本は発展を続け、六八年には西ドイツを国民総生産で抜き世界三位の経済大国になります。七〇年の大阪万博の年には、広告のコピーに「モーレツからビューティフル」(ゼロックス)や「ディスカバージャパン」(国鉄)が登場しています。モノ的な豊かさは成し遂げられて、さらにプラスαが要求され始めたのです。そして七三年に第一次オイルショックで高度経済成長は終焉します。

高度経済成長と左翼幻想という、六〇年代を彩った二つの要素を見ながら、詩や歌詞やコピーが時代の表情をくっきりと浮かび上がらせていった次第を紹介してきました。注意したいのは、経済成長も左翼幻想も〈がんばれば良くなる〉、努力すれば実現が可能と信じられた心理が背景にありました。理想がリアリティを持っていた、ある意味ゴールが明確で分りやすい社会だったのかもしれません。空も〈希望の空〉だったわけです。

また別の見方をすれば、六〇年代は〈神話の時代〉と言えます。高度経済成長は「成長神話」でしたし、左翼思想は「左翼神話」でした。神話は人々が信じているから、始まりはリアリティがあります。人々に理念や信念を与えて未来を確信させるのですが、光の面ばかりあるわけもなく、当然、影の面があって、序々に疑わしくなり解体されていきます。経済は成長し続ける神話も、頑張れば社会は変革できる神話も力を失ってしまいます。信仰と疑念、あるいは理想と現実のせめぎあいが、その時代の一人の人間の中にあるはずです。その心情の中にある漠然とした何かを描き出した、表現者の仕事を見てきました。

今日の講演の冒頭の方で、永六輔の話をしました。彼が作詞した「黒い花びら」が五九年の発売なのに、永六輔は近年になって六〇年の安保闘争のときの樺美智子の死で触発されて書いたと語っているという話です。永六輔が歳をとったための勘違いでしょうが、ある意味この永六輔の記憶錯誤は、時代と表現の関係を考える上で興味深い問題かもしれません。樺美智子の死は「黒い花びら」的だったのです。だから、逆に事実が表現を乗っ取っていったのではないでしょうか。そして表現が記憶を改竄したのではないか。つまり、これも〈文学の力〉の現われ方の興味深い一例だったと思えるのです。

加藤邦彦

近代詩人の死と空虚

――鮎川信夫「死んだ男」の「ぼく」と「M」をめぐって――

一、

「死んだ男」は、戦後詩を思想的な評論によってリードした鮎川信夫を代表する初期作品のひとつである。「純粋詩」一九四七年一月に発表されたのち、ほかの「荒地」同人たちの詩や鮎川の長篇詩論「現代詩とは何か」などとともに『荒地詩集1951』(早川書房、一九五一年八月)に収録された。諸本の異同は多いが、ここでは初出本文を引用しておく。

たとえば霧や
あらゆる階段の跫音のなかから、
遺言執行人が、ぼんやりと姿を現す。

――これがすべての始まりである

遠い昨日……
Mよ、君には暗い酒場の椅子のうへで、
歪んだ顔をもてあましたり、
手紙の封筒を裏返すやうなことがあつた。
「実際は、影も、形もない?」
――たしかに死にそこなつてみれば、そのとほりであつた

昨日のひややかな青空が
剃刀の刃にいつまでも残つている、
だが私は、君を見失つたのが時の流れのどの辺であつたか忘れてしまつた。
黄金時代――
活字の置き換へや神様ごつこ――
「それが私達の古い処方箋だつた」と呟やいて……

いつも季節は秋だつた、昨日も今日も、

「淋しさの中に落葉がふる」
その声は人の影へ、そして街へ、
黒い鉛の道を歩みつづけてゐたのだつた。

埋葬の日は、言葉もなく
立会う者もなかつた、
憤激も悲哀も、不平の柔弱な椅子もなかつた、
君はただ重たい靴の中に足をつつ込んで静かに横たはつたのだ。
「さよなら、太陽も海も信ずるに足りない」
Mよ、地下に眠るMよ！
君の胸の傷口は今でもまだ痛むか。(1)

それほど難解な言葉が使用されていないため、一見すると平易な内容にみえるが、この詩を理解するのは簡単ではない。だが、ここにこそ「すべての始まり」があるのだとしたら、鮎川信夫という詩人、そして戦後詩を考える上でこの詩を理解するのは重要であると思われる。ここでは、作品に登場する「ぼく」や「M」、「遺言執行人」について検討し、そのことを通じて「死んだ男」が制作された当時の鮎川の意識を探りながら、この詩を読解していきたい。

二、

「死んだ男」において、まず読者の眼を引くのは「M」であろう。「M」は、「重たい靴の中に足をつつ込んで静かに横たはつ」ている「埋葬」されて「地下に眠る」存在、すなわち「死んだ男」である。

この「M」が森川義信を指していることはよく知られている。森川は鮎川と親しかった詩人で、第一次「荒地」同人。一九四二年、ビルマにて戦病死した。その詩は生前、「LUNA」や「LE BAL」、「詩集」などに発表されており、没後には第二次「荒地」や『荒地詩集1951』にも掲載されている。(2)

「M」が死者である以上、そこに森川が重ね合わされるのは不思議ではない。だが問題は、どうしてわたしたちはそのように「M」と森川を重ね合わせて読んでしまうのか、ということだ。おそらくそれは、「死んだ男」に関する鮎川自身の次のような記述によると思われる。「森川義信について」からの引用だ。

そして彼は、「生きているにしても、倒れているにしても僕の行手は暗いのだ」という便りを最後にして、軍隊に入るやすぐ外地へ赴いてしまつた。

それから僕が受取つた彼の形見は〈遺言〉であつた。戦後、僕はそのお返しとして、「死んだ男」を書いた。『荒地』も大分戦争犠牲者を出したが、彼はそのうちで最も入念な死に方をしている。その点でも彼は立派な詩人であつた。(3)

このように鮎川は、「死んだ男」の制作動機が森川の死にあったと語る。しかし、森川の存在を、彼の周囲にいた一部の若い詩人たち以外は果たしてどれほど知っていたであろうか。鮎川が右のように語る以前、森川は無名に等しかった。わたしたちにとって、森川義信はあくまでマイナー・ポエットなのである。わたしたちは「M」に森川を読み取らなくても構わないだろう。詩の言葉が作者から自立したものである以上、それをどう読むかは読者自身に委ねられている。

「死んだ男」について考えるとき、「M」とともに問題になるのが「遺言執行人」である。作中にはっきりと示されているわけではないが、ここでの遺言者は「死んだ男」すなわち「M」と考えられ、「遺言執行人」はその遺言を執行する生者である。

仮に「M」が森川を指しているとすれば、彼と対照的な「遺言執行人」に鮎川自身をみるのは、ごく自然な流れであると思われる。たとえば宮崎真素美は、鮎川の「耐へがたい二重」における「大きく見ひらいたうつろな眼の／おとろへた視力の闇をとほして／朧ろに姿を現はすこの髭だらけの死者は誰だらう(4)」という詩句と関連づけながら、次のように述べている。

戦争で兵士として死んでいたはずの自分と、現実に生者としての肉体を有する自分との間で引き裂かれる二重性は、彼に、精神的な死者としての眼を選択させ、死者たちの遺言執行人として自らを位置付け、生かしてゆく方途を発見させた。死者に寄り添い、死者として生きることを自らに命じたのである。鮎川はこの詩の中で死者に対して「Mよ」と呼びかけることで、その背後に戦死した自身の詩友森川義信を、そしてまた、イニシャル「M」のさらなる背後に無名の多くの戦死者達《ママ》たちを蘇らせた。[5]

死者である「M」すなわち森川と、その背後に連なっている戦死者たちに対峙した鮎川は、「死者に寄り添い、死者として生きることを自らに命じた」。その鮎川の自己規定が「遺言執行人」としてあらわれている、と宮崎は指摘する。乱暴に言い換えれば、この詩の眼目は死者「M」に対峙した生者「ぼく」すなわち鮎川の「遺言執行人」として生きる覚悟の表明にあるというのが宮崎の理解である。また、「遺言執行人」を「戦後に「語り手」として登場することになった鮎川」の「自己写像であるような三人称」[6]とする瀬尾育生の認識も、そのような考え方の延長上に成り立っているといえよう。

右のような捉え方を補強するのが、作品の第二連である。「遠い昨日」の対話を想起する「ぼく」は、「死にそこなつて」今も生きているが、「影も、形もない」状態で、どこにいるのかすらはっきりしない存在である。その存在の希薄感が、「死者に寄り添い、死者として生きる」遺言執行人とただちに重なり、「ぼく」＝「遺言執行人」という図式が読者のなかに描かれていく。おまけにわたしたちは、作品を読む以前より「死んだ男」が戦争を生き延びた鮎川によって書かれたことを知っている。その結果、「ぼく」すなわち「遺言執行人」はほかならぬ鮎川自身のことである、と読者に印象づけられていくのだ。

しかしながら、「ぼく」についてはともかく、「遺言執行人」が鮎川と結びつけらなくてはならない必然性は果たしてあるのだろうか。繰り返すが、詩の言葉は作者の手を離れた時点で彼から切り離され、自立したものとなる。とすれば、「M」に森川を読み取らなくてよいのと同様、わたしたちは「遺言執行人」にも鮎川を見出さなくて構わないはずだ。にもかかわらず、わたしたちは「M」に森川義信という死者を当てはめると同時に、「遺言執行人」にもこの詩を書いた鮎川信夫その人をみてしまう。

そのことにわたしがこだわるのは、鮎川がこの詩を通じて「死者に寄り添い、死者として生きることを自らに命じ」ているようにわたしにはみえないからにほかならない。このような解釈は、「M」＝森川義信、「ぼく」＝「遺言執行人」＝鮎川と捉えたときに初めて可能になるものではないだろうか。田口麻奈も、この作品には「詩篇自体から他者の遺志の継承及び代行という強い決意が読み取れない」といい、それは「「遺言実行」の内実に関わる極めて本質的な問題ではないだろうか[7]」と指摘している。

では、鮎川と切り離して考えたとき、「遺言執行人」をどう捉えればよいか。作品に即して検討していくと、まず「遺言執行人」とは、田口麻奈が「言表主体である「ぼく」が、映画のワンシーンに模された〈遺言執行人〉の登場を見ている側の人間であることに注意したい[8]」（傍点原文）と指摘しているように、「ぼく」の外部に存在する、対象化された人物である。また、彼は「あらゆる階段の跫音のなか」から「姿を現す」人物でもある。「あらゆる」という表現から、北川透が「わたしはこの〈遺言執行人〉が、これまで語り手の〈ぼく〉のことだと受け取ってきたが、虚心に読めばこれが〈ぼく〉のことなのか、また、それが単数なのか、複数なのかもはっきりしない[9]」と述べているように、「遺言執行人」はひとりでない可能性がある。少なくとも、「遺言執行人」が実体的なレベルで「ぼく」と等しい存在でないのは間違いない。

しかし、だからといって「遺言執行人」と「ぼく」を別人とみなすのは早計であろう。というのも、そもそも「遺言執行人」は「あらゆる」場所に「姿を現す」ことのできる、「ぼんやりと」した観念的、比喩的な存在であるからだ。それでは彼は一体何を表象しているというのか。そのことについて考える際、重要なのはその存在意義が「遺言執行人」という呼称によって規定されていることだと思われる。

「遺言執行人」は詩の内部に出現した時点より死者の遺言を執行することが義務づけられている。だが、すでに多くの指摘があるように、彼の執行すべき「遺言」はどこにも見当たらない。作品中、かぎ括弧で括られている部分は「M」の言葉と考えられるが、いずれも遺言らしい死者の遺志を伝えてはいない。また、「M」がすでに死者であるならば、今から新たに遺言が発されることもない。

つまり、遺言を執行しようとしても、その遂行は「遺言執行人」には永久に不可能なのである。遺言を執行できない「遺言執行人」。執行すべき遺言が遺されていない以上、彼は生の意義を持たない、空虚な存在である。その空虚さこそ、「遺言執行人」の表象するものではないだろうか。また、その空虚さと響き合っているのが、「実際は、影も、形もない？」という「M」が遺したと思われる台詞である。「死にそこなつてみれば、そのとほりであつた」と考える「ぼく」は、今の自分が「影も、形もない」状態にあると認識している。ここにこそ「遺言執行人」と「ぼく」との接点があるだろう。「ぼく」もまた「遺言執行人」と同様、自分の生きている意味がはっきりしない、曖昧で空虚な存在なのである。

「遺言執行人」も「ぼく」も、みずからの存在意義が不明確なまま、空虚を抱いて生きている。その不確かさ、空虚さこそ、鮎川が「死んだ男」という作品において描こうとしたものではないか。「戦後詩随感」において、鮎川は次のように述べている。

　戦後、私は「死んだ男」という詩で、森川の死に触れたが、ここには、彼にたいする個人的な感情といったものは全く含まれていない。本当は、誰でもいい、詩人の死が必要であったので、それを利用したまでである。彼の死を悼むものとしては、色も香りもない葬式の花輪のようなものだ。

　私が生きのこったのは、単なる幸運による。誰にも遺書を書かなかったというもう一つの幸運とともに戦後の荒廃した街に抛り出された時は、サイの目の偶然というこの何とも言えない空無の感を覚えたものである。敗戦はとうに直感されていたとはいえ、自分が生きのこることのほうは、ずいぶんと怪しいものだとおもっていたから(10)……。

鮎川は「死んだ男」に森川義信への「個人的な感情」はまったく含まれていないと語る。自身の言によれば、彼が描こうとしたのは「戦後の荒廃した街に抛り出された時」の「サイの目の偶然というこの何とも言えない空無の感」であった。こうした「空無の感」は、鮎川だけでなく、「戦後の荒廃した街」に生きる多くの人が抱えていたものであるにちがいない。とすれば、この詩の主眼は森川義信という死者に対峙した鮎川の「遺言執行人」として生きる覚悟の表明にあるのではない。「死にそこなつて」戦後に生き残ってしまった「ぼく」や人々の抱えている空虚さや曖昧さを、観念的で比喩的な「遺言執行人」という「ぼんやりと」した存在に託して呈示したのが、「死んだ男」という詩篇なのではないだろうか。

もちろん、「遺言執行人」や「ぼく」の抱える空虚を、この詩を書いた当時の鮎川自身と結びつけて考えることは十分に可能である。「ぼく」は、「遺言執行人」が任務遂行できないという空虚を抱えて詩の世界に出現することを「すべての始まり」と捉えた。これは、鮎川の戦後における最初の本格的な詩論である「現代詩とは何か」の次の記述に通じている。

われわれにとつて唯一の共通の主題は、現代の荒地である。（中略）戦争という共同体験を持つことによつて戦後の荒地に生き残つたわれわれは、われわれ自身の生活と共に、新らしい時代の課題に直面することになつたのである。そして第一次大戦後の荒廃と虚無の中からエリオットの『荒地』が生れたのは一九二三年であるから、今では四半世紀以上の年月が経過しているにも拘らず、依然として現代に於ける荒地の不安の意識は去らないのである。「破滅的要素に浸れ、それが唯一の道である」と言つたステイーヴン・スペンダーの言葉と共に、われわれは荒地のなかに、描かれた文明の幻影のなかに、われわれを救うものを求めて入つていつたのである。(11)

「第一次大戦後の荒廃と虚無」のなかからT・S・エリオットが「荒地」を生んだように、「戦争という共同体験」からもたらされた「現代の荒地」に生きているという「不安の意識」を、むしろ「われわれを救うもの」として「新らしい時代」に向かっていこうという思想が、右では述べられている。この主張が、「遺言執行人」が空虚のなかから登場しながらも、それを「すべての始まり」と考えようとする「死んだ男」の「ぼく」の発想と重なり合っているのは間違いない。

こう考えてみると、「遺言執行人」や「ぼく」と鮎川を結びつけるのは決して理由のないことではなさそうだ。しかし、「遺言執行人」が空虚な存在として「姿を現す」ところに「すべての始まり」があると考えようとする「ぼく」の思考と、現状を直視し、むしろ荒廃を救いへと反転させていく

「現代詩とは何か」の主張との間には、まだずいぶん距離があるようにわたしにはみえる。おそらく、両者の間のタイムラグを考える必要があるだろう。そのことについては、のちほど触れたい。

三、

鮎川は、「死にそこなつて」生き残ってしまった「ぼく」や多くの人々の抱えている空虚を、観念的で比喩的な「遺言執行人」という存在に託して「死んだ男」に示した。この解釈は、さきに引用した「戦後詩随感」における「戦後、私は「死んだ男」という詩で、森川の死に触れたが、ここには、彼にたいする個人的な感情といったものは全く含まれていない。本当は、誰でもいい、詩人の死が必要であったので、それを利用したまでである」という鮎川自身の言とも合致している。

ところが、ややこしいのはそれを否定するような発言を鮎川自身が行っていることである。「戦争責任論の去就（I）」において、鮎川は次のように述べている。

「死んだ男」は、私にとつて啓示であつたし、固執する理由は十分すぎるほどであつたのである。

だが、私は「死んだ男」を、戦争で犠牲になつた死者一般の象徴とはとらなかつたし、あくまでも単独者として考えようとした。そして、この考えが、以後の私の思想的行動を決定したのである。「自己という病いから癒えるために、死んだ友のことを考えるのは、私には一つの

救いになったとおもう」と、私は他のところに書いたことがある。(12)

「戦後詩随感」によれば、「死んだ男」には森川に対する「個人的な感情といったものは全く含まれて」おらず、「誰でもいい、詩人の死」が利用されただけであった。とすれば、当然そこには森川以外の戦死者や没した詩人たちが召喚されてくるだろう。ところが、鮎川は「「死んだ男」を、戦争で犠牲になつた死者一般の象徴とはとらなかつたし、あくまでも単独者として考えようとした」というのである。「単独者として考え」るとは、自分自身の体験をもとに個別的に考えることにほかならない。ここで述べられていることは、「戦後詩随感」の記述と矛盾しているようにみえる。

これは一体どういうことなのだろう。「戦後詩随感」でみずからが述べたことを、その後「戦争責任論の去就（I）」を書く段になって覆したということか。このことについて、田口麻奈は次のように指摘する。

後年の鮎川自身が述べるように、戦後初期における鮎川の言説は、『荒地』のイデオローグとしてふるまった「外なる私」と、戦前戦中の自己の延長である「内なる人」との「奇妙な矛盾」によって引き裂かれている。「M」の形象について個人的な感傷を否定しながら、執筆の動機である森川義信への思い入れを繰り返し強調するという行為も、その二重性の領内にあるだろう。[13]

鮎川における「『荒地』のイデオローグとしてふるまった「外なる私」」と「戦前戦中の自己の延長である「内なる人」」の「二重性」。そのことについて述べられているのが、右にも引用した「戦争責任論の去就（I）」だ。

「荒地詩集」一九五四年版の抵抗詩批判の文章において、私は徹底した個人主義者として振舞うことの必要を説き、「今日の詩人にとっ《ママ》て、真に自分の仕事を自覚するためには、現代社会の趨勢や思想的動向に極力逆っても、内なる自己の世界——彼自身の生命の源泉的な感情の世界に戻ってゆかなければならない。何よりも、已《ママ》れ自らのために守るべきものを見出すことが、彼に課された務めであり、決して他者のための仰々しい真理や道徳を見出してはならない」としたのも、単独者の単独者たる自覚のみが唯一の自覚のように思えたからであろう。

（中略）

思えば、「内なる自己の世界」に住む内なる人にはげまされて、皮肉な道を歩んだものである。一方で、「現代詩とは何か」を書き、戦後世代の共通意識をさぐり、戦後詩に文化論的な根抵を与えようとした外なる私と、この内なる人との間には、ときとして人格的統一を欠いた、奇妙な矛盾、分裂、混乱が起ったことはたしかなようである。

内なる人は戦争をくぐつてきたのであるし、外なる私は戦後に生れたのだと考えると、この奇妙な矛盾も、そんなにおかしくはないであろう。(14)

「内なる人」と「外なる私」の同居状態。鮎川自身はこれを「奇妙な矛盾」と述べているが、考えてみればこの「矛盾」は決して「奇妙」ではない。戦後に生き残った日本人がほぼ例外なく戦争体験を引きずっていたのは間違いない。とすれば、戦争が終結したからといって、彼らはすぐに戦後人として生まれ変われるはずがない。しばらくの間、彼らは戦後的な考え方や価値観と矛盾するような思想をみずからのうちに抱えながら生きていかざるをえないであろう。「内なる人」が「戦争をくぐつてきた」とすれば、それは戦後に生きるすべての人々の内部に存在していたにちがいないし、あらゆる価値観が崩壊したなかから「戦後に生れ」変わろうとした「外なる私」こそ戦後の日本人の姿である。こう考えると、「内なる人」と「外なる私」という「二重性」は必ずしも鮎川固有の問題ではないが、鮎川の場合、その「二重性」が「M」＝森川義信に対する発言にあらわれているという田口の指摘は、説得力がある。

ただし、「死んだ男」と結びつけて考えれば、この詩が書かれた時点ですでに「外なる私」としての自覚が鮎川にあったかどうか。「死んだ男」の「ぼく」は、「『実際は、影も、形もない?』／――たしかに死にそこなつてみれば、そのとほりであつた」と述べていた。彼には「死にそこなつ」たという感覚が強くあり、そのため自分が「影も、形もない」状態にあると認識している。その認識が「ぼく」に空虚さをもたらしていること、またその空虚は遺言を永遠に執行できない「遺言執行人」のそれと重なっていることについては、すでに確認した。「これがすべての始まりである」と考えようとしているものの、実際に想起しているのは「地下に眠るM」のことばかりで、「死にそこなつ」た人生を生きることに「ぼく」は消極的である。つまり「ぼく」には、戦後に生きる人間としての覚悟が感じられないのだ。

ここには、「死んだ男」が制作された当時の鮎川の心境が示されているように思う。少なくともこの詩が書かれた一九四七年の時点では、鮎川はまだ「外なる私」になりきれておらず、したがって「内なる人」との「二重性」を抱えてはいなかったのではないか。そのことは、さきに引用した「戦争責任論の去就（I）」に、「「現代詩とは何か」を書き、戦後世代の共通意識をさぐり、戦後詩に文化論的な根拠を与えようとした外なる私」と記されていたことからも裏づけることができる。「現代詩とは何か」の初出は一九四九年七月で、「死んだ男」が発表されてから二年半ほどのタイムラグがある。すなわち、鮎川が「外なる私」を自覚し、意識的にそのような自分を振る舞っていくのは、「死んだ男」が書かれて以降のことなのだ。

とはいえ、まもなく鮎川が抱えることになる「内なる人」と「外なる私」の「二重性」は、すでにこの詩に予告されているだろう。それを予告しているのが「M」である。この「M」は、繰り返し述べているように、一般的には森川義信を指すとされているが、田口麻奈は「モダニスト」という興味深い解釈を呈示している。

牟礼慶子氏によれば、第一聯の〈遺言執行人〉登場の背景として布置された「霧」「階段」「跫音」という詩句の典拠は、「M」のモデルである森川義信の詩として特定されている。しかし実際には、それらは当時最も先鋭的な詩人と目されていたT・S・エリオットにあまりに直結する詩句であり、その圧倒的な影響下にあったマイナー・ポエットである森川義信の詩句としての固有性は、ここにはあえて残されていないように思われる。〈遺言執行人〉の登場シーンの背景は、「M＝森川」の世界であるより前に、当時たくさんいた「M＝モダニスト」の世界なのである。(15)

この指摘は、「ここにことばとして出てくる〈霧〉も〈階段〉も〈跫音〉も、モダニズムの影響を強く受け、そして、それに抗っている戦前の鮎川の詩に親しい景物であ」り、「〈遺言執行人〉なるものは、彼が戦後という時間に生き残らなければ、そして、モダニズムの言語を切断しなければ、とうてい出現しようもない異様なことばだった(16)」という北川透の論を発展させたものと思われるが、確かに鮎川が「モダニズムの影響を強く受け」ていることを考えると、「M＝モダニスト」とする田口の見解は大いに納得できる。

ただ、このように「M」を「モダニスト」に限定して捉える必要はあるのだろうか。作品中、かぎ括弧で括られている部分は「M」の言葉と考えられることはすでに確認した。それらのうち、

「いつも季節は秋だつた」から始まる第四連のなかで思い出される「淋しさの中に落葉がふる」という一行からはヴェルレーヌが、最終連の「さよなら、太陽も海も信ずるに足りない」からはランボーが想起されることは、北川や田口が指摘している。

秋の／ヴイオロンの／節ながき啜泣／もの憂きかなしみに／わが魂を／痛ましむ。／／（中略）／／落葉ならね／身をばやる／われも／かなたこなた／吹きまくれ／逆風よ。（ヴェルレーヌ「秋の歌」Chanson d'automne）(17)

また見付かつた、／驚かしなさんな、永遠だ、／海と溶け合ふ太陽だ。（ランボー「永遠」L'Éternité）(18)

これらに加えて、「巷に雨の降る如く／われの心に涙ふる」(19)という詩行を含むヴェルレーヌの「言葉なき恋歌」Il pleure dans mon cœur... や、かぎ括弧で示された部分ではないが「黄金時代――／活字の置き換へや神様ごつこ――」に関連してランボーの「黄金時代」Âge d'or という詩篇を思い出してもよい。ヴェルレーヌやランボーは、明らかに「死んだ男」のインターテクストとして機能している。

ヴェルレーヌやランボーが一般にフランス象徴詩人として分類されているのはいうまでもない。

そして、その象徴主義こそ、「現代詩とは何か」で鮎川がまず第一に否定したものであった。

ここで僕はわれわれの詩の過去から現れた一つの固定した概念、ポオやボードレールから、マラルメ、ヴアレリィに至る象徴主義の詩人によつてつくられた詩の概念を、まず現代に生きるわれわれのために否定したいと考えている。これは決して歴史的なサンボリズムの運動を軽視しているからではなく、むしろサンボリズムがわれわれの世代にまで及ぼした過大な影響が、われわれの現在を、未来を狭めることを懸念するからであり、又サンボリズム以降第一次大戦後のダダやシユルレアリスムによつて暗示を受けている一般人の詩に対する偏よつた考え方を除きたいと思うからである。[20]

右において、ヴェルレーヌやランボーの名前は挙げられていない。すると、鮎川や当時の詩人たちにおける象徴主義理解が気になってくるが、今は問わない。「M」は、ヴェルレーヌやランボーの詩句が埋め込まれた言葉を「遺言」らしからぬ「遺言」として遺した。とすれば、「M」はモダニスト modernist の「M」ではなく、モダニストや象徴主義詩人をも含めた近代詩人 modern poet の「M」と捉えられなければならないだろう。つまり、ここで葬られているのは日本以外を含めた戦前および戦中の詩のすべてであり、それを喪失したところから新たな詩を立ち上げざるをえないという沈鬱な思いが「死んだ男」には示されているのである。

「死んだ男」が書かれた時点ではまだ明確に意識されていないが、まもなく「現代詩とは何か」において鮎川は「われわれにとつて唯一の共通の主題は、現代の荒地である」、「われわれは荒地のなかに、描かれた文明の幻影のなかに、われわれを救うものを求めて入つていつた」と、T・S・エリオットの「荒地」に依拠しながら、「死んだ男」の「ぼく」や「遺言執行人」が抱えていた空虚を戦後の「共通の主題」として反転させていくことになる。おそらく、この段階で鮎川は「内なる人」と「外なる私」の「二重性」を抱えることになったのだろう。というのも、鮎川が依拠したエリオットは、象徴主義と切り離すことができないからだ。菅谷規矩雄は次のようにいう。

T・S・エリオットに依拠することは、どんな意味を持ってたか――《荒地》(The Waste Land)をひとつのピークとするエリオットの詩作は、それじたいフランス象徴派を前提として可能になった。(中略)わが現代詩は、T・S・エリオット(をはじめとするイギリス現代詩)を介してようやく、サンボリスムの現代的摂取を、みずからの詩作に具現するみちをみいだしたのである。(21)

「外なる私」としての鮎川は「戦後世代の共通意識」をエリオットに依存しつつ「荒地」に求めようとした。その際、否定されたのが「象徴主義の詩人によつてつくられた詩の概念」である。ところが、「エリオットの詩作は、それじたいフランス象徴派を前提として可能になった」のであった。いくら「サンボリズムがわれわれの世代にまで及ぼした過大な影響が、われわれの現在を、未来を狭めることを懸念する」からといって、それを否定したら、自分たちが依拠する思想自体を否定してしまうことになりかねない。そもそも、否定など決してできはしないのである。象徴主義がエリオットの父だとすれば、「荒地」同人たちにとっては祖父であり、「内なる人」を育成した「内なる自己の世界」の住人なのだから。みずからの系譜に連なる存在を否定すれば、自分が今ここにいることをも否定することになってしまう。

「外なる私」になるためには、「内なる人」を否定しなければならない。しかし、「内なる人」を否定すれば、「外なる私」の存在そのものが根底から揺らいでしまう。「現代詩とは何か」を書いた鮎川は、こうして「内なる人」と「外なる私」の「二重性」を抱えることとなった。

「死んだ男」の「M」の発言にランボー、ヴェルレーヌといったフランス象徴詩人の詩句が踏まえられていることを考えると、「内なる人」と「外なる私」の「二重性」はこの詩が書かれた一九四七年の時点ですでに予告されているだろう。しかし、「死んだ男」の「ぼく」は「地下に眠るM」のことばかり考えていて、彼を喪失した結果としてもたらされた空虚を「遺言執行人」に託して「すべての始まり」と捉えようとはしているものの、そこから足を踏みだそうとはしていない。あるいは、「M」の死によって近代詩の終焉を確かに意識してはいるが、そこにあるのは「これがすべての始まりである」という認識だけであり、その先のビジョンは「ぼく」にはまだみえていない。つまり、「死んだ男」が書かれた時点で、現代詩はまだ始まっていないのだ。

「死んだ男」には、まもなく鮎川が抱えることになる「内なる人」と「外なる私」の「二重性」はすでに予告されているが、その「二重性」は作品にまだ顕在化していない。では、さきに指摘した「戦後詩随感」と「戦争責任論の去就（I）」における、一見すると矛盾しているかにみえる「M」に関する記述を、どう捉えればよいのだろうか。

ひとつには、「死んだ男」が書かれた時点で意識されていなかった「内なる人」と「外なる私」の「二重性」が、作品成立後の鮎川に、矛盾してみえる右のような発言を行わせたと考えることができよう。「戦後詩随感」も「戦争責任論の去就（I）」も、どちらも「現代詩とは何か」以後に書かれたものである。つまり、「現代詩とは何か」を書いた鮎川は、かつてみずからの制作した詩篇に「外なる私」としての役割を事後的に与えようとしたのだ。それが、「M」に対する態度の揺れとなってあらわれていると理解することができる。

もうひとつの見方として、「戦後詩随感」と「戦争責任論の去就（I）」の記述は実は矛盾していないと捉えることはできないだろうか。「M」が近代詩人全般を指しているとすれば、「戦争責任論の去就（I）」の「「死んだ男」を、戦争で犠牲になった死者一般の象徴とはとらなかった」という記述は、詩人以外の人物の死は考慮していないという意味に解釈することができる。また、それは「戦後詩随感」における「本当は、誰でもいい、詩人の死が必要であった」という記述とも矛盾しない。つまり、「死んだ男」という詩篇で重要なのは、モダニストや象徴主義を含めた近代詩人の死なのである。その喪失によってもたらされた空虚こそ、「死んだ男」において鮎川が描こうとしたものなのだ。
ところが、「死んだ男」が『荒地詩集1951』に収録され、「現代詩とは何か」と同時に読者に呈示されると、周囲からの鮎川に対する認識として「荒地」における理論的主導者としての側面が強くなり、「死んだ男」はその鮎川による「外なる私」の実践として受け取られることになる。[22] すると当然、そこからはいつまでも「遠い昨日」や「M」に思いを馳せている「内なる人」との矛盾が浮かび上がってくるだろう。また、「荒地」の理論的主導者たる鮎川だけに、その矛盾に対する周囲の批判は大きかったにちがいない。わたしには、「戦後詩随感」も「戦争責任論の去就（I）」も、そのことに対する鮎川の苛立ちの表明にみえて仕方がない。

注

（1）鮎川信夫「死んだ男」、「純粋詩」第二巻第一号、純粋詩社、一九四七年一月、二〇―二一頁。
（2）宮崎真素美「森川義信」、『現代詩大事典』三省堂、二〇〇八年二月、六六五頁参照。
（3）鮎川信夫「森川義信について」、「詩学」第六巻第七号、詩学社、一九五一年八月、七二頁。
（4）鮎川信夫「耐へがたい二重」、「新詩派」第一巻第二号、新詩派社、一九四六年七月、一一頁。
（5）宮崎真素美「鮎川信夫」、『展望　現代の詩歌』第一巻、明治書院、二〇〇七年一月、一四頁。
（6）瀬尾育生「遺言執行人」『鮎川信夫論』思潮社、一九八一年六月、一二三頁。
（7）田口麻奈「〈遺言執行人〉論」――鮎川信夫における詩的可能性の形象――」、「国語と国文学」

第八四巻第六号、東京大学国語国文学会、二〇〇七年六月、四五頁。
(8) 同右、四七頁。
(9) 北川透「太陽も海も信ずるに足りない『討議戦後詩』への接近⑤」『詩的スクランブルへ——言葉に望みを託すということ』思潮社、二〇〇一年四月、九〇頁。
(10) 鮎川信夫「戦後詩随感」、「日本国民文学全集月報」第三二号、河出書房、一九五八年八月、五頁。
(11) 鮎川信夫「現代詩とは何か」、『荒地詩集1951』早川書房、一九五一年八月、一三四頁。
(12) 鮎川信夫「戦争責任論の去就(I)」、「現代批評」第一巻第三号、書肆ユリイカ、一九五九年四月、一七頁。
(13) 田口麻奈、前掲文(7)、五四頁。
(14) 鮎川信夫、前掲文(12)、一七—一八頁。
(15) 田口麻奈、前掲文(7)、五二頁。
(16) 北川透、前掲文(9)、九〇頁。
(17) 堀口大學訳『ヴエルレエヌ詩抄』第一書房、一九三五年一一月改装、二九—三一頁。
(18) 小林秀雄訳『地獄の季節』白水社、一九三〇年一〇月、九一頁。同書では題名なし。
(19) 堀口大學訳、前掲書(18)、一一〇頁。同書では題名「言葉なきロオマンス」。
(20) 鮎川信夫、前掲文(11)、一三二頁。
(21) 菅谷規矩雄「論理のエロスをもとめて　戦後詩論概観」、『現代詩読本特装版　現代詩の展望

――戦後詩再読』思潮社、一九八六年一一月、二三四頁。

（22）鮎川と『荒地詩集1951』の関係については、拙稿「「荒地」というエコールの形成と「現代詩とは何か」――鮎川信夫と「荒地」――」（「るる」第一号、現代詩／詩論研究会、二〇一三年一二月）を参照されたい。

※引用に際して、旧字は新字にあらため、ルビは省略した。

佐藤泰正

〈文学の力〉の何たるかを示すものは誰か

――漱石、芥川、太宰、さらには透谷にもふれつつ――

一

近・現代文学をめぐるすべての概念を切断して見えて来るものは何か。その何たるかが見えてこそ、はじめて〈文学の力〉の何たるかも見えて来よう。〈時代を問う文学〉の第二弾として、再び漱石・透谷などをめぐるいくばくかの問題を問いつめてみたい。既成の概念をとっぱらえば、そこにこそ切迫した文学者たちの姿が見えて来よう。

以上は今回語ってみたい主題の要約だが、まずは再び漱石から始めてみたい。作家の原点をその処女作に見るとすれば、『吾輩は猫である』の語る所は何か。先ずは『吾輩は猫である』下巻の序を引いてみたい。要点は文中の傍点をつけた部分にあるが、実はこの序文の流れがいかにも生々として『猫』にふさわしい一文なので、少し長くはなるが、まずは全文を引いてみたい。

『猫』の下巻を活字に植ゑて見たら頁が足りないから、もう少し書き足してくれと云ふ。書肆は『猫』を以て伸縮自在と心得て居るらしい。いくら猫でも一旦甕《かめ》へ落ちて往生した以上は、そう安つぽく復活が出來る譯のものではない。頁が足らんからと云ふて、おいそれと甕から這ひ上る様では猫の沽券にも關はる事だから是丈は御免蒙ることに致した。『猫』と甕へ落ちる時分は、漱石先生は、巻中の主人公苦沙彌先生と同じく教師であつた。甕へ落ちてから何ヶ月の經つたか大往生を遂げた猫は因より知る筈がない。然し此序をかく今日の漱石先生は既に教師ではなくなつた。主人公苦沙彌先生も今頃は休職か、免職になつたかも知れぬ。世の中は猫の目玉の様にぐる〲廻轉してゐる。僅か数ヶ月のうちに往生するのも出來る。月給を棒に振るものも出來る。暮も過ぎ正月も過ぎ、花も散つて、また若葉の時節となつた。是からどの位廻轉するかわからない、只長へに變らぬものは甕の中の猫の中の眼玉の中の瞳だけである。（傍点筆者以下同）明治四十年五月　漱石

いかにも『猫』の紹介にふさわしい一文だが、この諧謔味たっぷりの語り口にとらわれてはなるまい。文の眼目はその傍点の部分にあろう。すでに文中にもあるごとく、この明治四十年五月という時、漱石は東大講師などの職をやめて朝日新聞専属の作家となり、入社第一作『虞美人草』の原稿を書きはじめようとしていた。新聞小説たる以上、めまぐるしく動いてゆくこの文明社会を舞台

とすることとなるが、しかしこれを書く作家の眼はこれに捉われぬ、不退転の勁い覚悟を込めて書き抜いてゆかねばなるまい。先の文中の結末に見る世の中はどのように変ろうとも、「只長へに変わらぬものは甕の中の猫の中の眼玉の中の瞳だけである」という時、この文明社会を中心とした世相を描くにとどまらず、これを生み出す人間存在の矛盾を根源からえぐりとる作家の眼こそが、いま作中の猫と一体となって描かれていることが見えて来よう。

この作中の猫の眼と一体となった作家の眼とは、こちらの勝手な読みとりに終るものであろうか。そうではあるまい。これを語るものの何たるかは、文中なかばに見る「『猫』と甕へ落ちる時分」の漱石先生は云々という所にあざやかに読みとることが出来よう。

岩波の全集の中などでは、すべて「『猫』の甕へ落ちる時分」はとなっているが、たまたま復刻版を手にして見ると、それは「『猫』と甕へ落ちる云々」となっており、これは未だに改訂されていない。原稿が残っていないとすれば、次は「復刻版」などによるほかはあるまい。これを見た時、かねて作中の猫と作家漱石の眼との一体化を深く感じていた自分は、改めて眼のひらく想いがしたものである。こうして、この文明社会がどんなに変ろうと、その矛盾の孕む様態を根源的に見据えて行こうとする作家漱石の、新聞小説の作家としての底にひそむ、不退転の覚悟をそこに読みとることが出来よう。

ここで明らかになることは作者は作中に語り手と一体となっているが、作家はその背後に立って居り、我々が真に文学作品の何たるかを読みとるとは、この作家と作品を串刺しにして読む所となろう。

ちなみに言えば、このモデルとなった飼い猫は無名のままに、あの『三四郎』が書かれていた時期のなかばに亡くなるが、その亡骸を庭の片隅に埋めた時、家族に頼まれて小さな墓碑の裏側に、〈此下に稲妻起こる宵あらん〉という追悼の句を書いているが、ここにもまた、極めて意味深いひびきがこもっていよう。衰弱した猫は夕暮にはおとろえた体を縁側の隅に横たえ、夕闇の中にその眼がきら〳〵と輝いている姿がしばしば見られたという。墓の下に眠るあの猫の目は、今も闇の中で折にふれ、稲妻の如く光る時もあろうという時、これが『三四郎』『それから』と続く時期に見えて来る、作品背後の作家たるものの覚悟の何たるかを語るものとも見えて来よう。ここに見る作品背後に立つ作家の力のありようは、続く『坊っちゃん』の一作にもまた見ることが出来よう。

二

さて、『坊っちゃん』の背後に立つ作家漱石の眼は何を語ろうとしているのか。この作品の舞台は四国の松山で、そこの中学校教師となった主人公坊っちゃんが、先輩の教師山嵐と一体となって、傲慢なふるまいを続ける教頭の赤シャツをこらしめて、この中学校を去るまでの痛快な奮闘ぶりを語っているように見えるが、作家としての漱石の語らんとした本来のモチーフとは何か。

先ず端的に言えば、作品の舞台は松山ならぬ、何処であってもよかったはずで、事実その生原稿を読めば分かるが、はじめは〈中国〉と書いて、消して〈四国〉と書いている。実は舞台は何処でもよかったのだが、漱石自身、明治二十八年から一年間勤めたこともあり、言わば勝手知ったる松山だということになったといえよう。ならば真の舞台とは何処か。それはほかでもない。この『坊っちゃん』を書いていた時期の文明都市東京であり、さらに言えば勤めていた東京帝国大学自体であろう。

漱石の手紙をみれば、あの大学の持っているお屋敷風、御殿風な権威主義の塊のようなところが、自分には我慢ならず、堪らなかったという。漱石は講師でも下っ端だから、日頃は教授会にも出られない。そのくせ、手が足りないとなれば、英語入試の審査に出てくれと言われるから、上司に御免蒙りますと書面ではっきりことわっている。このような権威主義的な所をひどく嫌っていた。その溜りに溜まっていた憤懣をぶっつけたのが『坊っちゃん』で、実は漱石の外孫にあたる人（半藤一利）で、その『昭和史』などの名著で、日本は時代の勢いに、流されてはいけない、国民のひとりひとりがもっと主体的であれと力強く言いながら、時代の歴史の何たるかを深く論じ尽くそうとしている方だが、ある座談の中で、「いやー、僕の考えですが松山は仮の舞台で、本当は東大の中の権威主義的なものに憤懣をぶっつけたんです」と語っている。これを読んだ時、改めてわが意を得たと思ったわけだが、事実、この東大、またこれを支える、ともすれば文明社会の底にひそむ権威主義や様々な矛盾に対する、漱石の批判の眼は深く、その痛切な想いがいかに激しいものであったかは、『坊っちゃん』を書いている間は、その痛烈な怒りや憤懣を生々しいまでに友人宛の手紙の中でくりり返していた、その言葉が、『坊っちゃん』執筆中の間だけはぴたりと、とまっていることにも、『坊っちゃん』の語ろうとしたものの何たるかは明らかであろう。

このように見て来ると、時代の矛盾と危機は、これを生み出す人間自体の只中にひそむものであり、これを問わずして何の文学たるかとは、漱石の中に一貫するものであり、この漱石の文学をつらぬく力と問いは、形は変えながらもすべての作品を貫くものであり、その端的なしるしは、晩期の彼が弟子の芥川と久米正雄宛に書いた書簡中に見る、あの一語に尽きるものがあろう。すでに周知の通り、作家たるもののいかにあるべきかを問い、それは「人間を押すのです。文士を押すのではありません」という、書簡の中味をつらぬく一語であり、この宛先は連名とはなっているが、要は最愛の弟子芥川の将来を想いつつ述べたものであることは明らかであろう。

三

さてここで、漱石と並んで近代文学の〈御三家〉とも呼ばれる芥川と太宰についても少し語ってみたいと想う。〈文学の力〉の何たるかを問うこの一文の中で、あえて自決ともいうべき悲惨な最期を遂げた、この両者をとりあげることに対して疑問は当然起るであろう。然し〈文学の力〉の根源なるものとは何であろう。

ここで再び漱石の言葉にふれてみたい。漱石があの松山中学校から転じて、熊本の第五高等学校の教師となったのは、明治二十九年の春だが、この年の六月二十六日に、東北三陸の地に大津波が起こり、死者の数は二万七千人に及ぶと言われ、まさに我々にとっては、あの東北の一昨年の

〈三・一一〉の大災害を想わせるものがある。漱石が着任早々にして、学生に与えた、あの『人生』（明29・10）と題した一文の背後にも、あの大災害の印象はつよく残っているが、しかしここで彼が語ろうとしていることの核心は、その災害の何たるかを説くに終ってはいない。人生の外界に起こる不時の災害や危機にいかに対処するかという決意も大事なことだが、先ず根源的な課題として、この人間存在なるものの根底にいかに大きなまぬがれがたい危機、災害ともいうべき矛盾が内在するかに眼を向けるべきだと、痛切な想いを込めて語っていることに注目すべきであろう。

「不測の変外界に起り、思ひがけぬ心は心の底より出で来る、容赦なく且乱暴に出で来る」
「海嘯と震災は、啻《ただ》に三陸と濃尾に起るのみにあらず」
「亦自家三寸の丹田《たんでん》中にあり、険呑なる哉」

これが『人生』と題した一文中の結びの言葉だが、これに先立って、漱石は注目すべき次のような言葉を述べている。

「吾人の心中には底なき三角形あり、二辺並行せる三角形あるを奈何《いかん》せん」

これを想えば、「若し詩人文人小説家が記載せる人生の外に人生なくんば、人生は余程便利にして、人間は余程ゑらきものなり」と言い切るほかはあるまいと、痛烈な文芸批判の言葉を投げつけるように語っている。もはや説明するまでもあるまいが、ここで漱石の語ろうとする所は、〈底なき三角形〉ともいうべき人間存在の孕む根源的な矛盾であり、我々はこれをみつめつつ、残された〈二辺並行〉ともいうべき、この根源的な矛盾の実体をかかえて進むほかはあるまい。ならばこの「二辺並行」ならぬ、〈二辺対立〉ともいうべきこの人間存在の矛盾の実態をかかえて生き抜くほかはあるまい。この矛盾の苦しみに耐えつつ、これを問いつめて行く所にこそ〈文学の力〉の何たるかは見えて来よう。漱石の言う〈人間を押す〉とは、まさにこの作家たるもののあるべき根源の課題を語るものであり、この言葉を与えられた芥川の生涯をつらぬく問いもまた、この文学者たるものの核心的な一事にかかっていたと言えよう。

芥川は一見知性と技巧につらぬかれ、多くの読者の眼をひく花形作家のひとりとも見られて来たが、彼の根底にもひそむ〈二辺並行〉の矛盾は、生涯その営みの根底にあって、たえず彼自身を問い続けたはずである。その最も明らかな姿は晩期の自伝的短篇『年末の一日』(大15・1)に明らかにあらわれていよう。明け方の夢に崖の上を歩いている。新年号の仕事もうまくゆかぬ。不安な一日が始まるが、午後なじみの新聞記者が来る。漱石先生の墓に案内してくれという。ところが雑司ヶ谷のあの墓地で迷ってしまう。やっとそこにいた婦人に聞いて墓参りをする。別れての帰り、夕暮れ時の八幡坂の下に箱車がいる。肉屋の車かと思うと「東京胞衣《えな》会社」とある。後から声をかけて押してやる。北風が梢を鳴らして吹きおろすなかを「妙な興奮を感じながら、まるで僕自身と闘ふやうに一心に箱車を押しつづけて行つた」という。胞衣とは胎児を包んだ胎盤などであり、当時はこのような会社の車が集めて処理していた。つまりは生命の抜けがらを積んだ車を押していたということだ。

「人間を押す」のだと言われながら、人間ならぬ、自分の今までの文学的ないとなみは、その命の抜けがらを押していたのではなかったか。先生の墓にも迷ったという。

既に諷意は充分に利いている。これは自嘲というには、はるかににがく、重い。勿論、漱石ゆずりのあの全人的、倫理的な眼が消えていたわけではない。いや、そこにはふたりの芥川がおり、両者の相剋が彼を追いつめる。かつてゴッホやゴーギャンの野性美に魅かれた自分が、いつのまにか都会風のルノアールの洗練に傾いていったという。

そうして、いま再び、あのゴッホの「糸杉や太陽はもう一度僕を誘惑する」。その「何か切迫したもの」「僕等の魂の底から必死に表現を求めてゐるもの」(「野性の呼び声」)(『文芸的な、余りに文芸的な』昭2)が、いま深く自分の心を捉えてやまぬという。しかしまたこの矛盾は、はじめにしてすでにあった。いま自分が求めているのは日の光を受けてのびゆく「草のような生命力の溢れてゐる芸術」で、芸術の為の芸術には不賛成(大・3・11・4、原善一郎宛書簡)と言う。すでに初期以来、芥川の中をつらぬく、この両者の対立、矛盾は明らかであろう。

然し、ことは〈野性の力〉云々にとどまらず、その倫理的側面に於ても、芥川自身の作家的内面を問いつめて行くものであった。その最も明らかなしるしは、あの「ピエル・ロティの死」という一文であった。ピエル・ロティと言えば、あの芥川の秀作のひとつに数えられる代表作『舞踏会』の原話的素材ともなった『江戸の舞踏会』の作者で、芥川の『舞踏会』でも主人公の少女明子の相手となる、魅力ある海軍将校のモデルとして描かれている。こうして芥川は新聞社からのピエル・ロティの追悼文の依頼を受け、その清新な抒情と感覚はいまも我々の心を搏つものがあると言いつつ、その一文（「ピエル・ロテイの死」時事新報、大12・6・13）の末尾では、次のように言っている。

「我々は土砂降りの往来に似た人生を辿る人足である。だが、ロティは我々に一枚の合羽をも与えなかった」と断じている。これは追悼の一文の言葉としては、いささか大胆な批判ともいうべきであり、このロティを批判する背後には、ともすれば自分の才能に溺れんとした芥川自身の痛切な自己批判の想いも込もっているのではないか。これは明らかに芥川晩期の、自身をクリストにかさねて語らんとした『西方の人』の、あの痛切な一節にもつながるものであろう。彼はクリストの十字架上の最後の姿に自身をかさねつつ、次のように語る。

「それは天上から地上へ登る為に無残にも折れた梯子である。」

これは地上から天上へ登ると書くべき所を誤った芥川の間違いだと多くの評家は語って来たが、この一節に込められた熱い芥川の想いを思う時、これは断じて誤記ならぬ、芥川がその人生の最後を迎えんとして、万感の想いを託した痛切な一句ではないか。これは先にふれた天上から地上へ登らんとして折れた梯子云々という言葉に続き、「薄暗い空から叩きつける土砂降りの雨の中に傾いたまゝ。……」と述べているのを見れば、この一節の語らんとするすべては明らかに見えて来よう。この「土砂降りの雨の中に傾いたまま」という時、これはあのロティ批判の言葉にそのままつながるものであり、せめて自身の才能の一切を振り捨てて、いま一度地上に降り立って、この苦難と矛盾に満ちた人生を辿るお互いに、せめて〈一枚の合羽〉ともいうべき、人生の力を与えるものでありたい。しかし今は、もはやそれもかなわず、この人生もここで終るほかはないという痛切な痛みを託したもので「36クリストの一生」と題した一章も、ここで終るが、これはそのまま〈芥川の一生〉をつらぬく闘いの何たるかを語り尽くしたものであろう。

こうした芥川の才気と技巧、また知性に満ちた活動の背後に、これを問い直すいまひとりの作家の自己批判があり、この両者の葛藤こそが、芥川独自の〈文学の力〉となり、これを深く理解して、受けついだものが太宰治という存在ではなかったか。「芥川龍之介の枕頭から聖書をとりあげたのは太宰治であった」とは佐古純一郎の名言だが、その『人間失格』と並行して語られた評論『如是我聞』こそは、芥川の苦闘の何たるかを受けつぎ、さらにそれを超えて〈文学の力〉の何たるかを語らんとしたものと言うべきであろう。

四

『如是我聞』が太宰晩期の死を賭した捨て身のプロテストであったことは疑いあるまい。たしかにこの一文が『新潮』誌上にあらわれた時、我々はなみならぬ太宰の覚悟を感じた。それは〈荒野〉に呼ばわんとする声とも聞こえた。

周知のごとく批判の矢は、既存の文学の代表的存在としての志賀直哉に向けられるが、『暗夜行路』を目して「何処に暗夜があるのか」「自己肯定のすさまじさだけ」ではないかという。ついにお前たちは「芥川の苦悩」「日陰者の苦悶。／弱さ。／聖書。／弱者の祈り。」これらのいっさいが「解ってゐない」という時、すでに指さんとする所は明らかであろう。

徹底した負の相を帯び、破滅への道を辿る、あの『人間失格』の主人公大庭葉蔵が「われに、怒りのマスクを与え給へ」という時、この怒りのモチーフが発動すれば即ち、最後の評論『如是我聞』（昭23・5〜7『新潮』）となる。怒りのマスクとは、ほかならぬ背後の太宰の声であり、『人間失格』における徹底した負の側面も、これと並行した『如是我聞』という代償なくしては語りえなかったものであろう。その〈怒りのマスク〉の背後から聞こえて来るものは、これは〈反キリスト的なものへの戦ひ〉だという旧来の文壇に対する批判、反撃の声であり、おまえたちは「愛する能力」もなく、「愛撫するかも知れぬが、愛さない」。そこにあるものは「自己肯定のすさまじさだけ」だと言い、「文学者ならば弱くなれ。柔軟になれ」、他者への痛みを知れと言い、おまえたちは

「ひさしを借りて母屋をとる」もの、おれは「本流の小説を書かうと努め」るものだという。その本流とは何か。

『如是我聞』とはまさしく太宰が〈主の道〉ならぬ、文学のあるべき本流、その道を直くせんとして、己れをあの荒野に呼ばわるバプテスマのヨハネに擬して遺さんとした、肺腑の言ともいうべきものであろう。さらに言えば、内村鑑三の書に魂を震撼されたという太宰が、後に内村の弟子塚本虎二に傾倒したこともまた必然であろう。

「西洋の思想は、すべてキリストの精神を基底」とし、すべては「聖書一巻にむすびついてゐる」が、「日本人は、西洋の哲学、科学を研究するよりさきに、まづ聖書一巻の研究をしなければならぬ筈」、これを排したことこそ、「日本の大敗北の眞因があつた」(『パンドラの匣』昭20・10・12)と太宰はいう。これはまた塚本の強く説く所であり、この塚本の「聖書知識」を太宰は戦中・戦後(昭16～21)にかけて講読していたが、その塚本の集会に一度出かけてみたいと言いつつ、その願いを実現しなかった。一時期その塚本の東京丸の内であった集会に出ていた私には、時にふと、その不在の太宰の姿が浮かんだものである。

「聖書一巻によりて、日本の文学史は、かつてなき程の明解さを以て、はつきりと二分されてゐる」(『HUMAN LOST』昭12・4)。この言葉が先程から挙げて来た晩期の太宰ならぬ、あのパピナール中毒で東京武蔵野病院の入院中の体験を語った作中の言葉であることをみれば、これがすでに〈HUMAN LOST〉即ち、〈人間失格〉という題名を付したものであることと共に、すでに太宰の中期、晩期をつらぬくその鮮烈な精神的戦いの何たるかは、すでに明らかであろう。ただこれを見れば、いかにも聖書一辺倒とも聞こえて来るが、勿論そうではあるまい。太宰の問いは、日本文学史はかつて、文学なるものの根源を問う言葉を持っていたか。要はこれを根源から問い返そうとする太宰の切なる想いを語るものであり、聖書の世界にみずからを託して語らんとした太宰の視点には、一種錯綜した魅力ある姿を示されている。

〈ユダにしてキリスト、あるいはバプテスマのヨハネ〉、これはある雑誌の寄稿に〈太宰治と聖書〉という課題を与えられ、あえて題名としたものだが、太宰を評して、ユダにしてキリスト、あるいはバプテスマのヨハネといえば、いささか奇矯に過ぎようが、そうではあるまい。彼はまさにユダを演じ、また時に受難の人キリストに己れを擬し、さらにその終末には荒野に呼ばわるヨハネのごとく、旧来の文壇の弊を鋭く糾弾した。キリストにあこがれつつ、ユダを演じ続けることは、その秀作『駆込み訴へ』(昭15・2)の主題でもあった。彼はあのダヴィチの描いた画面にあらわれる十二使徒にふれ、「ユダ、左手もて何やらんおそろしきものを防ぎ、右手もて、しっかと金嚢《かねぶくろ》を摑んで居る。君、その役をどうか私にゆづつてもらひたい」と語っている。

ユダの、同時に太宰の内面に生きる「何やらんおそろしきもの」とは何か。それがユダの錯乱を描く『駆込み訴へ』作中に生きえたかと問えば――否であろう。これが太宰鍾愛の一作であったことは疑いないが、しかしそのドラマは「何やらんおそろしきもの」、その闇の内面をえぐるドラマならぬ、ユダのキリストへの愛憎をめぐるエロスの纏綿をかたるに終った。

これは太宰の口述筆記だが、夫人の証言によれば盃を含んでのひと息の語りであり、殆どあとの修整もなかったという。語りの名手としての太宰の手腕のうかがわれる所だが、これをひと息にとはその裡に熟するモチーフのたしかさ、深さを語るものでもあろう。金嚢《かねぶくろ》をしっかとにぎる現実家ユダは同時に、無垢なる「精神家」キリストの美しさに魅かれ、それが叶わずと知り、加えてキリストに香油を注ぐマリアと、これにこたえるキリストの気配にただならぬものを感じた時、激しい嫉妬にかられ、どうせ叶わぬ想いならば、誰にも渡さぬ、「いづれ殺されるお方」、いや「無理に自分を殺させるやうに仕向け」る気配さえ見えるとすれば、「私の手で殺してあげる」「あの人を殺して私も死ぬ」と、ついに銀三十枚でキリストを売り渡すユダの、愛憎あいからむ饒舌の語りは見事というほかはない。〈想世界〉と〈実世界〉に生きるキリストとユダ、この両者の対立、葛藤はすでに多くの文学者の語る所だが、これを纏綿するエロスの、〈対幻想〉のドラマともいうべき、つややかな作品に仕立てあげたことは、まさに太宰の独創というべきであろう。

こうしてキリストの前にユダを演ずるという初源のモチーフは、確かに生きた。しかしこれは情念のドラマではあっても、ついに思想の混然を語るドラマではない。その〈何やらんおそろしきもの〉という、その闇の、思想のドラマは手つかずに残る。

ここには漱石の言う、あの「吾人の心中には底なき三角形あり、二辺並行せる三角形あるを奈何せん」という。人間存在の底にひそむ根源的な闇を意識しつつ、なお残された二極の対立を手放さず、どう生きるかという問いは、ここでも太宰の語らんとする世界の只中で、彼をみつめる核心の問いであり、〈何やらんおそろしきもの〉として終生、彼を問い続けたはずだが、ついに彼もまた芥川同様、この裡なる矛盾の〈闇〉を意識しつつも、これを問いつくし、語りつくすことは出来なかった。これはまた漱石の課題でもあり、この矛盾の塊ともいうべき人間存在の根底にひそむ〈闇〉を問い尽くさんとする姿勢そのものこそ、たとえそれが挫折に終ろうとも、我々に訴える〈文学の力〉とは、これ以外のものであるまい。

太宰はこの人生の矛盾を〈難解〉の一語で語ろうとした。この一語はすでに初期の一文（「もの思ふ葦」その一、昭10・11）の中に見るものだが、こうして文学というものは、「その難解な自然を、おのおの自己流の角度から、すぱっと斬ったふりをし」て、その斬り口のあざやかさを誇ることに潜んで在るのではないかと言い切っている。これは文学一般ならぬ、太宰自身をみつめる痛切な自己批判の一語でもあろう。彼は『人間失格』でもこの〈難解〉の一語をくり返しているが、一面、太宰はこれをどう作家として乗り切ろうとしたのか。これを解く鍵としてはあの名作『津軽』作中の「信じる所に現実はあるのであつて、現実は決して人を信じさせることは出来ない」という言葉を、自分はこの故郷の津軽への旅の途中、二度くり返して呟いたものだという。

おそらく太宰文学の正と負、またその文学のすべてを解く鍵はこのなかにあり、まさに太宰文学の何たるかを解くキーワードと言ってよかろう。「信じるところに現実はある」という、この一点に賭けて彼は書き、また生き抜いてみせた。生身の現実は常に自分を裏切り、傷つけ、信じさせぬが故に、あえて信じる所にあらわれる〈現実〉に自分を、作家としての己れを賭けるのだという。

もとより切り棄てられた現実はやがて向きなおり彼にきりかかって来る。しかしあえて彼は一切に眼をつむり、裡なる〈現実〉にすべてを賭けてみようという。この〈夢〉と〈現実〉とのたえまない往還、反復こそ、太宰の文学を貫通する〈力学〉そのものであった。その仔細を語れば、切りもなく、もはや紙数も尽きかかって来たので、一応打ち切り、最後に、この国の〈近代文学〉の出発をあざやかに告げた透谷の存在にふれてみたい。

五

「……その惨憺とした戦ひの跡には、拾つても拾つても尽きないやうな形見が残つた。彼は私達と同時代にあつて、最も高く見、遠く見た人の一人だ」(『北村透谷二十七回忌』)とは透谷を評した藤村の言葉として、我々の心に深く残るものである。最も高く見とは言わば立体的に、その独自のひらかれた宗教観を指すものだが、最も遠く見たとは、言わば水平的、時間的に、この文明社会の推移の何たるかを根源的にみつめたということでもあろう。だとすれば透谷没後すでに百二十年を迎えることとなるが、彼のこの文明社会を見据える眼は、この百年後を超える現代社会の矛盾をつらぬくものであり、あの晩期の評論『漫罵』にいう、一夕銀座街頭の人込みのなかを歩きながら、この錯雑した文明社会をいろどる新旧の交錯とはまさに「移動にして革命にあらず」という痛烈な言葉にもあらわれていよう。これを漱石の初期断片に見る「開化は無価値なり」と言う言葉とかさねれば、すでにその言わんとする所は明らかであろう。いま、一切の概念を切りはらって言えば、真の〈近代文学〉とは透谷に始まるものであり、これを受け継ぐものが漱石であったとも言えよう。

いまその仔細にふれる余裕はないが、そのいくばくかについて語ってみたい。先の「彼は最も高く見、遠く見た」云々とは、彼の存在自体が、またその遺した言葉自体が、我々の前にひらかれたひとつの〈場〉であるということではないか。たとえば彼は東洋的な宗教観を論じて、老荘、陽明派、また禅僧らの説く「心と真理と殆一体視するが如き」とは違って、「心を備へたる後に真理を迎ふるものこそ」が、ひらかれた〈信〉なりという時、彼が〈心〉を固定の実体ならぬ、ひとつの〈場〉として捉えていることが見えて来よう。これは現代のすぐれたカトリック作家小川国夫などのいう所にもつながるものだが、〈心〉を場として捉えるとは、これが徹底的にひらかれたものであり、固定した実体的なものではなく、たえず変化し続けてゆくダイナミズム、その揺動そのものに心のリアリズムを見るとは、透谷の〈心〉なるものの実相に対する一貫した認識であり、ここから数々の心を摶つ鋭く、深い言葉が生まれて来る。即ち透谷にあって、すべては〈心の経験〉の何たるかに尽きる。彼は言う。

「眞正の勸懲は心の經驗の上に立たざるべからず、即ち内部の生命《インナーライフ》の上に立たざるべからず」(『内部生命論』)という時、〈内部の生命〉とは、いかなる固定の実体でもなく、まさに瞬時にして動き続ける〈心の経験〉そのものにほかならず、しかも心とは、人間自造の物ではなく、「宇宙の精神即ち神なるもの」の、「内部の生命なるものに對する一種の感應」、即ち「瞬間の冥契」によって、これを「再造」するものだという。

「この感應は人間の内部の經驗と内部の自覚とを再造する者」にして、「この感応によりて瞬時の間、人間の眼光はセンシュアル・ウオルドを離る丶なり」。しかもこの「再造せられたる生命の眼を以て観る時に、造化萬物何れか極致なきものあらんや。然れども其極致は絶對的のアイデアにあらざるなり、何物にか具体的の形を顯はしたるもの即ちその極致なり」という。すでに語る所は明らかであろう。これは「絶對的のアイデア」ならぬ、具体の相そのものであり、ここに述べる所は「不肖を顧みずして、明治文学に微力を献ぜん」とするものだという。ここに語ろうとするものは、すでにいかなる観念論でも哲学的思弁でもない。すべては〈文学〉という具体の相を語らんとしたもので、〈内部生命〉とは固定の実体ならぬ、念々刻々に動きつつある〈心の経験〉、心の働きそのものだという。

すでに言わんとする所は、明らかであろう。新たな時代に対応して、これに立ち向かう〈信〉の基盤とは、いかなる宗教的規範、典礼、また教養などの類《たぐ》いではない。あくまでも〈心〉を主体として、これをひらいて受け入れること。またひらくとは、主体の拡散ならぬ、凝縮であり、我は「地上の一微物」なりという被造の感覚を通して、一切を受感すること。この透谷のひらかれた〈信〉の課題はまた後代に、また今に生きる。

〈ゆふがた、空の下で、身一点に感じられれば、万事に於て文句はないのだ〉(『いのちの声』)とは、中原中也が詩集『山羊の歌』の最後に置いた詩篇終末の一句だが、これはまた中也自身の〈一夕観〉ではなかったか。〈身一点〉とはまた、透谷が晩期の詩的散文『一夕観』にいう、我は〈地上の一微物〉という感覚そのものではないか。これはまた『内部生命論』にいう、あの〈瞬間の冥契〉なるものと無縁ではあるまい。

「然れども其は瞬間の冥契なり、若しこの瞬間にして連続したる瞬間ならしめば、詩人は既に詩人たらざるなり、」それが連続すれば、「組織的学問」となり、「哲学」となるという。これが詩人批評家の透徹した認識を語るとすれば、これはまた作家のものでもあろう。漱石晩期の自伝的作品『道草』（四十八）に、すでに縁を切った養父の無心をことわれずしてみつめる主人公（健三）の内面が語られるが、漱石は次のように語る。

「彼は神といふ言葉が嫌であつた。然し其時の彼の心にはたしかに神といふ言葉が出た。さうして、若し其神が神の眼で自分の一生を通して見たならば、此強慾な老人の一生と大した変りはないかも知れないといふ気が強くした」という。これはまさしく〈瞬間の冥契〉そのものを語るものではないか。すでに漱石の語る所がそのまま透谷につながるものであることは明らかであろう。またこれは作家のみならぬ後代の批評家のものでもあろう。小林秀雄初期の一文に、「眞理といふものがあるとすれば、ポールがダマスの道でキリストを見たといふ事以外にはない」（『測鉛』昭2・5）という言葉がある。これもまた〈瞬間の冥契〉なくして、真の批評の、魂の覚醒はあるかという問いであろう。それが漱石の語る如く晩期であれ、小林秀雄の語る如く文壇登場以前の最初期のものであれ、これをつらぬくものはひとつであろう。これが連続したる瞬間となれば、それはすでに「組織的学問」や「哲学」となるものであり、もはやそこに生きたる詩人の、また〈文学〉の存在はないと透谷は言う。

この透谷にしてわずか満二十五歳の時の自決があり、下っては芥川、太宰の生涯も、また、同様の終末を迎えたことをみれば、真の〈文学〉の存在とは、また〈文学の力〉とは何かが、改めて問われて来よう。

私は十六歳の時、ドストエフスキイと出会い、その霊肉二元の葛藤と矛盾をそのままにダイナミックに描きとっている所にいたく魅かれ、以来読みついで行く裡に、この矛盾の魂ともいうべき〈人間存在〉の何たるかを問いつめる所に〈文学〉なるもののすべてはあると思い、続いては作家たる以前の漱石の『人生』（明28・9）と題した一文に出会い、あの〈吾人の心中には底なき三角形あり、二辺並行せる三角形あるを奈何せん〉という言葉に再び眼を開かれることとなり、爾来この底辺なく、底なき内面の闇にひそむ霊肉のさらなる葛藤に、すぐれた文学者たちの苦悶の跡を読みとって行くこととなり、さらにはキリスト教入信をめぐっては、閉ざされた宗教の枠にとらわれぬ、ひらかれた宗教と文学の統合こそ、自身の目指す文学探求の核心と思うこととなった。

こうして文学探求の何たるかを問えば、文学作品を真に読むとは、作品をつらぬいて背後に立つ作家内面の様々な矛盾、葛藤を摑みとり、再び作品をくぐって還ることであろう。この往相ならぬ還相の営み、言わば作家と作品を串刺しにして読む所にこそ、文学探究の根源があるとすれば、我々は芥川の内部に何を見届けることが出来るかとは、最近書いた芥川論冒頭にしるした言葉で、「芥川の生涯をつらぬく闘いとは何であったか」とはその題名として名付けた言葉だが、我々の文学探求とはすべて、この作家内面の探究に始まるものであろう。

たとえば晩年の芥川は様々な病苦にあえいでいたが、わけても彼の不安の根底には彼を生んで、わずか七ヶ月後に発狂した母のことがあり、彼はそれを長く隠していたが、晩年、死を決した時、はじめて「僕の母は狂人だつた」と、その自伝的作品『点鬼簿』の冒頭にしるしている。この狂気の遺伝のため、いつか自分も発狂するかも知れぬとは最後まで彼を苦しめた最大の不安であったが、然し彼は最後まで書き続け、作家たるものの生涯を全うしようとした。これは、この芥川の矛盾と不安の数々を見届けつつ、これを受けつごうとした太宰の場合も同様であり、長く病身の母から離れた孤独な体験を持ち、自分の本当の母とは、幼い時から添い寝をしながら自分を支えてくれた叔母ではなかったかと疑い続け、この不安が晩期に至るまで彼の心に遺っていたことは、やはり幼少の時期、彼を守ってくれた子守の越野タケの証言する所でもある。

この人生発足の原点ともいうべき〈母子体験〉の不足とは、また、この〈近代文学御三家〉の筆頭ともいうべき漱石の場合も例外ではない。やはり幼い頃に養子に出され、帰って来ては再び別の養家で十歳の時まで孤独な生活を送った漱石の念頭にもそれがいかに彼の心に深く残るものであったかは、その晩期の自伝的作品『道草』にあますなく語る所でもあろう。

さて、最後は透谷に再びふれることで終わりたいと思うが、彼の場合も先の〈御三家〉の作家たちとそう変るものではない。彼は本名は門太郎、明治三年の生まれだが、父母は生まれたばかりの弟を連れて上京し、五年間は父母から離れるが、その母を評しては「生の母は最も甚しき神経質の恐るべき人間なり」と言い「生の過敏なる悪質は之れを母より受け」と語る彼はまた、その母の愛も弟のみに注がれていると信じ、この母と子との齟齬《そご》は、生涯にわたって彼を苦しめ、明治十四年上京するや、当時の自由民権運動にかぶれるが、これもまた後に先輩の大矢正夫らが朝鮮革命運動のための資源調達に強盗決行に参加を求められ、彼等と訣別するが、一転して、この精神的危機から彼を救ったものは、三歳年上の石坂ミナであり、やがて結婚するが基督教徒であったミナの影響もあって、数奇屋橋教会で受洗するが、その型にはまった指導にあき足らず、やがてフレンド派との交流からその会員となり、これを中心として日本平和会の機関誌「平和」の主宰ともなって、宗教活動を続けるが、やがて独自の文学活動を展開して行くこととなる。山路愛山などとの論争をめぐっては『明治文学管見』（明26・4～5）に言う「人間は實に有限との無限の中間に彷徨するもの」にして、「文學は人間と無限とを研究する一種の事業なり」という周知の一節などは、先にもふれた〈文学〉とは、人間存在の根源性を問う、水平志向ならぬ、〈垂直志向〉の所在を示す言葉として、いくたびか私の心をうつものがあった、また劇詩『蓬莱曲』中で主人公のいう〈わが世を捨つるは紙一片《ひとひら》を置《すつ》るに異ならず、唯だこのおのれを捨て、このおのれを――このおのれてふ物思はするもの、このおのれてふあやしきもの、このおのれてふ満ち足らはぬがちなるものを捨て、去《い》なんこそかたけれ〉とは、あの芥川や太宰の晩期の葛藤につながるものであり、また〈見よや、われを納《をさ》むべき天は眺《み》るが内に高きより高きに、蒼きより蒼きにのぼりのぼりて、わが入る可き門《かど》はいや遠《とほ》み。／見よやわが離る可き地は、唯だ見る、蛟龍《かうりゆう》の背《そびら》を樹《た》つる如く怒涛の湧く如《ごとく》わが方に近寄り近寄り、埋《うづ》めんとす、呑《の》まんとす、その暗き墟《あな》に〉と唱い、続いては〈琵琶よ汝《いまし》を伴なふて何かせん、／始《いまし》を頼みて何かせん。／わが精神《たま》の、わが意情《こゝろ》の誠實《まこと》の友なりしわが琵琶よ、早や用なし〉と語る時、〈わが精神《たま》の、わが意情《こゝろ》の誠實《まこと》の友なりしわが琵琶よ〉とは、まさに死と共に訣別するほかはない文学的営みへの万感の想いを託したものとも見える。作中の主人公（柳田素雄）に託したこの独白はまた、すでにして初期透谷の根底にひそむ生理と思弁の葛藤ならぬ、それらをも超えたこの稀代の詩人批評家の生涯をつらぬく問いの何たるかを告げるものであろう。

　すでに紙数も尽きたが、最後にひと言、諸家の多くの誤解の只中にある、あの晩期の『一夕観』（明26・11・4）の終末の一句にふれてみたい。「悠々たる天地、限なく窮りなき天地、大なる歴史の一枚、是に対して暫らく茫然たり」とは、諸家の多くが指摘するごとく、悠々たる天地と一体となる汎神論的充足の喜びではなく、この天地の間にあって、ついに〈地上の一微物〉たる己れとは何かを問う、具体の感覚を伝えるものであり、『一夕観』の背後に時代の疲弊を衝く『漫罵』（明26・10・30）の痛烈なる文明批判のあることを忘れてはなるまい。彼はこの「襤褸の如き」近代の現実に対して、ついに認識者としての眼を閉じることはなかった。

　「彼の生理はしばしば彼を裏切ったが、その認識の透徹はみじんの狂いもなかった」（『透谷と近代日本』発刊の辞）とは、かつて論じた所だが、我々はここに一切の旧弊を切断して時代に立ち向かった、この国の最初の詩人批評家を見ることが出来よう。もはや付言するまでもあるまい。この透谷のひらかれた眼とはまた、漱石、芥川、太宰という近代文学御三家と呼ばれる存在のすべてをもつらぬくものであり、この論集の題目に言う〈文学の力〉の所在とは何かという問いのすべてに応えるものでもあろう。

あとがき

一

この講座論集も第六十二巻を迎えることとなったが、あえて〈文学の力―時代と向き合う作家たち〉と題した意味は、すでにおわかりであろう。これは〈時代を問う文学〉と題した一昨年の第六十巻の続篇ともいうべく、その第二弾として編集したものである。言うまでもなく、あの三年前の〈三・一一〉の東北大災害が、自然のみならぬ、人間自体が生み出した不幸な人災でもあったことを想えば、この時代の生み出す矛盾の何たるかを、その根源より問うことこそ、まさに文学のかかえる必然の課題であり、〈文学の力〉とは、まさにこれを指すものであろう。これを語る巻頭論文の筆者として、先ずひらめいたのは加藤典洋氏の存在であった。

ちょうど文芸誌「新潮」に昨年二月から今年の新年号にかけて連載された長篇評論の主題を集約するような形で書かれたものと見えるが、この長篇の題目が〈有限性の方へ〉と題されていることは、まことに意味深いものと思われる。「三・一一の原発事故は、私の中の何かを変えた。私はその変化に言葉を与えたいと思っている」と言うのが、この長篇評論の冒頭の言葉だが、その最終章では、我々に必要なことは、「人類がもはや永続する存在でないということに、イエスをいうことで」あり、この有限性を確認することにあると言い、これを裏づけ、支えるものは「人間の本質とは、人間が、人類であるとともに、生命種でもある」（傍点筆者以下同）ことの認識であろうという。これはまた、この根源的な認識にふりまわされるものではなく、そこから同時に我々の、この生の根源を生き抜く力をどう持つかにすべてはかかっていると、述べているようにも思える。

然し「このことは、何ら抽象的な問題ではない」。最後にふれた具体的な問題を挙げれば、「日本の戦後の問題も、この有限性の生の条件の下で、考え直され」ねばならず、例えば「アジアとの関係」では、「相手が了解するまで、なすべき謝罪をしっかり行い、関係を築き直すことが重要で」あり、「アメリカとの関係では、抗議すべきはしっかりと抗議し」、「赦すべきはしっかりと赦」すことであり、要は相互関係の修復、信頼の創造、その根源に負債の支払いと贈与の用意がある」（完）と、これが結びの言葉であり、ことの趣旨は再言するまでもあるまい。

これをふまえて、この論集の巻頭評論に還れば、「文学とは、政治、社会、文化、経済、思想、哲学」といったことがらが、「何者か」であるとすれば、その「何者」性を抜き取り、「何者であっても構わない」存在に変えてしまう力なのではないか。言わばそれぞれが専門領域を名のる「肩書きをもつ名刺だと」すれば、その「肩書きをはがしてしまう力」、それが「文学の力」ではないかという。しかし、さらに考えて行けば、それは同時に「文学は何者でもない者たろうとする力」であり、「そうであることで、さまざまな領域のことがらから、その『専門性』ともいうべきものを取り外」し、武装解除して、「それを裸形のもとに向き合う力なのだ」と言うことが出来ようと言う。

またさらに言えば、「文学の力」とは、「『することもできるがしないこともできる』コンティンジェントな力のことであり、それを支えているのは、『してもよいがしなくてもよい』コンティンジェントな自由ではないか」とも言ってみたいという。しかもこの「『することもできるししないこともできる』コンティンジェントな力は、このような社会に対応できる、しかも有限性の時代に同調した、新しい高次の力能」ではないかという。

ここで冒頭でふれたあのボルヘスの言う「私は、とてもうまく書かれているので誰も私が書いたとは思わないような本を一冊、書いてみたい。私は、自分ではない他の『誰か』の文体ではなく、自分以外の誰もに開かれた『誰でも』の文体で、本を一冊書こうと思うのです」と言っているのではないか。こうして「いまは、文学の力を、この『誰でも構わないこと』にひらかれた、たえず偶発的な要素に揺動されることのうちに、見ておきたいと考えている」と言う。

これが「コンティンジェントであることの力。」と題された巻頭論文の最後の言葉であり、その語らんとすることは、すでに深く、新しく、〈文学の力〉の何たるかを我々に改めて問い返そうとする、根源の認識を含むものともみえる。いささか長い引用となったが、時代の流れにまどわされず、人間存在の何たるかを、その矛盾をつらぬいて根源から問い返す所に〈文学の力〉の所在を見続けて来た筆者などの実感としては、いささかのためらいをかかえつつも、くり返し自問せざるをえぬ、ひとつの契機をも与えられた貴重な発言であり、これはとかく主体性ということの中で、他者の存在や痛みへの何たるかを忘れがちとなる我々に、まずこの矛盾に満ちた有限性の時代の中で、それが他者であれ、他国であれ、すべての存在も誠実な交流をはかるべきとは、すでに引用したごとく、あの長篇評論の末尾にも確たる発言として記されていることであり、この現実の、時代の矛盾と向き合いつつも、いかに根源的な他者との真の交流、また融合の深い充実感を抱きつづけて行くことが出来るかという問いに、我々の心を拓いてくれる貴重な指摘であったと言うべきであろう。もはや〈三・一一〉の災害に際して『3・11―死に神に突き飛ばされる』と題され、岩波書店から刊行された論著や、かつての『敗戦後論』（講談社、一九七七）と題した話題の著書にもふれる余裕がないのは残念だが、一貫するものは、すべての概念的思考をとりはらって、人間主体のひらかれた感覚を通して読み取って行こうという加藤氏のしなやかにして鋭い思考の数々は、我々の心を深く搏つものであったことを忘れることは出来まい。

〈あとがき〉と言いつつ、いささかこのように長い一文となったのも実は今回の論集の執筆者がひとり欠けたこともあり、紙幅の余裕もあったので、いささか駄弁を弄したところもあるが、以下の紹介は少し短く、簡略な紹介でお許しを戴きたいと思う。

二

次の論者の金貞淑《キムジョンスク》さんは本学の博士課程の卒業者で、小生も教師として長い付き合いもあったが、その誠実な勉学ぶり、また仕事ぶりにはいささか舌を捲くほどの想いがあった。現在は北九州や福岡の三校の大学で韓国語を教えてはいるが、その指導ぶりも実に充実したもので、その誠実な熱意のこもった仕事ぶりは、今回の講座の一文にも遺憾なく発揮されていると言えよう。すでに著作も多く、特に漱石に傾倒し、『道草』『硝子戸の中』『門』など代表作の翻訳は、韓国でも高く評価され、そのすぐれた翻訳の背景には、翻訳者自体のすぐれた力はもとより、いかにも深い努力の跡がみられるが、その一端を是非今回語ってほしいというのが、こちらの願いとなり、趣旨であったが、金さんはこれに見事に応え、原稿としては、実は五百枚ばかりを用意したが、時間の制限があり、そのいくばくかの要点を語るに終ったことはやや残念だと言われているが、講座には多くの熱心な人が集まり、その後に残された聴講者の短い感想の言葉の数々も、実に充実した、しかも時に諧謔をも交えた興味ある講義であったと述べている。

その翻訳の要点、苦心の数々はここに書き込まれているので、あえてその紹介は省くが、時間の都合で割愛したというものに、「翻訳の持つ宿命」と題した『道草』を翻訳する際これを韓国語に訳す場合は適切な言葉が無く、やむなく韓国ふうのタイトル、わき見、よそ見という意味の言葉を使ったが、これはいかにも自分の立場からも物足りないもので、それから十八年後の二〇〇六年に再度訳した時に「道の上の生」と言った意味の言葉に改め、自分でも「象徴生の豊かな題」として納得することが出来たという。いまひとつのは「宗教や死生観」をめぐる課題であり、これは『門』を訳す場合の一番厄介な課題であり、禅寺のことひとつを取っても、韓国と日本の信徒に対するあり方の違いは歴然としたものであり、自分としては最高の仕事であったと思う『門』の翻訳の場合も一番苦心した所だという。

自分が漱石ひとりにこだわっているのは、「漱石文学は日本を理解する上で、カギとなる普遍的な課題を抱えていて、絶えず我々の〈生〉の問題を問いかけている」。「その声を韓国人にもぜひ聞かせたいという、情熱のようなものに突き動かされ」ているのだという。また『門』の翻訳に苦悶しているさなか、あの東北の〈三・一一〉の災害で、東北地方に住んでいる友人の父親が亡くなったが、彼は「うちの父だけが亡くなったのではない。まだ、私は他の人を助けなきゃならない」と言い、「悲しみに耐えながら黙々と被災者の治療に専念している友達を思いながら、私も悲しみに耐えながら『門』の訳に没頭しました」という。だから「この翻訳は友達の希望を失われず、被災者の治療に専念する限り、日本は必ずこの絶望を乗り越えて復活するだろう、という私の切ないメッセージでもあります」と言う。

これらの言葉は私があえて講義から割愛せざるを得なかった部分を原稿で読ませてくれと切望し、送ってもらったものだが、すでに漱石の翻訳一筋に打ち込んで来たその文学一筋の熱意は、それ自体〈文学の力〉の何たるかをあかしするものでもあろう。枚数の制限と言い乍ら、いささか私自身、金さんの熱意にほだされるように熱っぽく語って来たが、今後のさらなる金貞淑さんの仕事のよき実りを祈ってやまないものである。

次は北川透氏の論で、「宮沢賢治と鳥たち―『よだかの星』『銀河鉄道の夜』を中心に―」と題したものだが、これは題名通り賢治作品にみる鳥の存在の意義を極めてユニークに、また細密にとりあげたもので、賢治は「わが国近・現代のなかでも、最高、最大の〈鳥語の詩人〉だと言ってもいいくらい」だと述べ、先ず代表作のひとつ『よだかの星』で彼はあの「みずからの存在を否定する暴力」に耐えられず、その圧迫に耐えかねて、大きな口を開きつつ夜空を横切りながら飛びかう、このあたりの描写の緊迫性などは、すでに童話のレベルを超えた、優れた表現性を示すものだが、しかしまた、この文体のすぐれた表現とはうらはらに、そこにはさらなるドラマ〈物語〉の深い緊迫性といったものは見られず、ただヨタカはタカに苦しめられつつ、「ただ弱者は絶望し、苦悩し、天国に昇ることによって」「彼岸で救われるという、宗教的な理想の物語に終るという宗教性に殉ずる限界に終っている」という。

この北川氏の指摘はきびしく、続く『銀河鉄道の夜』にふれても、そこに選びとられた鳥たちの意義を語るあたりは、日本の古典以来の選ばれた鳥たちの存在を微細に指摘してゆくあざやかな記述の中で、従来の賢治論や特に代表作『銀河鉄道の夜』の分析などでは全く見られなかった、論者独自の分析、考証のあざやかさが見られるが、しかしここでも『銀河鉄道の夜』の主題的宗教性をめぐっては、そこに論者独自の鋭い、批判的な指摘が随所に見られ、あのジョバンニが論争をめぐって言う「ああ、そんなんでなしにたつたひとりのほんたうのほんたうの神さまです」と言う、賢治のひらかれた宗教観をめぐる肺腑の言とも見られる所も、これは究極、「唯一神の絶対化、その唯一性の純化する原理主義」につながるものではないかと指摘されている。

　このあたりの宗教的絶対性の生み出す課題をめぐる所に、論者北川氏のきびしい文学者としての存在感がみられるが、これはまた、多くの評家との論議を呼ぶ所でもあろう。これは次回の論集に予定される主題としての宮沢賢治論が、いまその題目は〈宮沢賢治の切り拓いた世界は何か〉と、ひと先ず予定されているが、ここで北川氏の端的な、さらなる根源的な考察を期待したいものである。

　またここで一言加えて置きたいことは、北川氏が今度新たに『KYO峡』と題した個人誌を発行されたことである。かつて豊橋に居られた時代に出しておられた『あんかるわ』の、八十四号という終刊に至る二十八年間の内容もなつかしく思い出されるものだが、今改めて新たな同人誌ならぬ年四回刊行の個人誌をはじめ、今迄「一度もやったことのない性格の雑誌」として「とりあえずは自分の表現、主として詩と思想的な課題を追求する」つもりだと言われる。ここでも並ならぬ、〈文学の力〉の何たるかに打ち込む北川氏の一貫した真摯な姿勢には熱く打たれるものがある。その連載評論の第一回は「吉本隆明の詩と思想」と題したもので、すでに第二号も刊行されたが、私も吉本隆明には深くふれた者のひとりとして吉本氏の語る〈最後の親鸞〉のイメージが、実は最後の宮沢賢治にも重なって来ることなどを今深く感じているものとして、この連載に深く期待しつつ愛読しているものである。

さて次は奥野政元氏の「森鷗外　歴史小説のはじまり」と題したものだが、これは奥野氏の論攷に見る緻密な資料の探索と、その背景となる作家自体を動かす矛盾の躍動とを、実にあざやかに映し出した見事な一篇であり、これを貫通するものは、一見時代状況に揺れ動くと見え乍ら、実は時代の変化をつらぬいて見える人間存在に共通する「根源の問題を我々に突きつけている」のが鷗外であり、その作風の微妙な変化と、しかもこれをつらぬいて変らぬ作家としての本質的な実相の何たるかを、あの乃木殉死を契機として書かれたとみられる『興津弥五衛門の遺書』と、これに続く『阿部一族』の分析をめぐって実にあざやかに語りとったものであり、その微妙にして精密な論証のあざやかさは、我々の胸を深く搏つものがある。その考証の跡を逐一とりあげる余裕はもはやないが、その奥にひそむ論者奥野氏の鷗外という作家の本体をみつめる眼のあざやかさは、結末の次の一節にもあきらかに見えて来よう。

つまり鷗外という作家の本体は「冷ややかな悟性に貫かれてアポロン的になればなるほど、内部の地極の底にある情熱の猛火は、火山を突き上げるように激しく燃え」「その激しく燃える反動としての寂しさが、中期世界では強調されていたが、歴史小説ではそれがアポロン的意志の貫徹によって、沈黙のうちに受容されていくのだと」見えて来ようという。

我々はここでも文学論とは作品をつらぬいた背後に立つ作家の内面の揺動の何たるかを見届けて、

再び作品をつらぬいて還る、この往相ならぬ還相のありように、すべてはかかっていることが、あざやかに見えて来よう。

さて、最後に残ったのは渡辺玄英氏と加藤邦彦氏の二篇となったが、いずれも近・現代詩を集中的に探究して来られた論者で、その分析のすぐれた形は逐一とりあげて紹介したい所だが、もはや紙数も尽きたので簡略に要点のみをとりあげることでお許し戴きたい。

先ず渡辺氏の論攷はその題名通り一九六〇年代の詩がいかに戦後社会の変転ととりくんできたかを微細に論じたもので、分けても天沢退二郎の「眼と現在」一篇などの分析は副題の「六月の死者を求めて」という言葉通り、あの六十年代なかばに起こった安保闘争をめぐる若き犠牲者樺美智子の死をモチーフとしたものとみられるが、その微妙な詩的表現の背後に、時代の矛盾を生きる人間存在の何たるかをみつめて、作者のかかえた根源的なモチーフの何たるかが実に微細に読みとられていることは、実作者ならではの見事な分析と言うほかはなく、作中しばしば使われる〈空〉という一語の変転が何を語るかなど、その緻密な分析力にはただ感銘するばかりである。この論の末尾に、樺美智子の死に触発されて書いたという、あの永六輔作詞の歌謡曲「黒い花びら」が、実は彼女の死の前年五九年に発表されていることをみれば、これは作者の年をとったための勘違いの発言ともとれるが、逆にこれは「事実が表現を乗っ取っていったのではない」か。「そして表現が記憶を改竄したのではないか」と思えば、「これも〈文学の力〉の現われ方の興味深い一例」ではないかと言う所に、論者の〈文学の力〉の何たるかを見届けんとする覚悟の一端を見届けることが出来よう。

さて続く加藤氏の鮎川信夫の詩篇「死んだ男」と取り上げ、「近代詩人の死と空虚」と題した一篇もまた、詩人佐々木幹郎氏を援けて、あの「中原中也全集」という資料・編集の圧倒的な力を示した仕事の製作に没頭して来た論者ならではの見事な論攷であり、一九四二年ビルマで戦病死した親友森川義信を「M」という名で呼びつつ、今は埋葬されて「地下に眠る」存在、「死んだ男」と言い、「M」が森川を指しているとすれば、作中に登場する「遺言執行人」を鮎川自身と見ることもまた、自然な成り行きであろう。然しここで「遺言執行人」とは、死者となった「M」に対し、鮎川自身の生者としての生きる覚悟の表明したものともみられるが、果たして「遺言執行人」とは、鮎川がこの語を通じて「死者に寄り添い、死者として生きることを自らに命じているように、「わたしにはみえない」と加藤氏は言う。ここからこの論の中心的な詩題に始まり、ことの要点はくり返し反転しつつ問い返されて行き、このあたりの微細な分析は実に見事で、この死者と共に生きんとする「内なる人」としての自己を、なおそれを超えて「外なる私」として、この時代の矛盾をどう生き抜いて行くか、この「内なる人」と「外なる私」の二重性の葛藤こそが残された課題と言うべきだが、「本当は、誰でもいい、詩人の死が必要であった」という鮎川自身の言葉に即せば、この『死んだ男』という詩篇で重要なのは、モダニストや象徴主義を含めた近代詩人の死なのである。その喪失によってもたらされた空虚こそ、『死んだ男』において鮎川が描こうとしたものだ」と加藤氏は言う。しかもなおこの「外なる私」と「内なる人」の矛盾は尽きず、すべては戦後詩をめぐっての「鮎川の苛立ちの表明とみえるが、どうだろうか」。これがこの論攷の末尾の言葉だが、これは論者自体の自問の声でもあり、また近・現代の詩篇をどう読み込んで行けるか、という我々読者への切なる問いとも聞こえる。やはりここでも〈文学の力〉とは何たるかをこの近・現代の詩篇自体の中に問わんとする論者の切実なる声がひびいて来よう。

もはやこれ以上微細にふれる余裕はないが、ここでも〈文学の力〉の何たるかが、論者自体をつらぬいて見えて来る、感動の深さにふれざるをえまい。

以上で十五枚という過分なあとがきとはなったが、改めて執筆者各位の労に心からの感謝の意を表したいと念う。次回は先にもふれた通り、「宮沢賢治の切り拓いた世界は何か」と題した論集を予定しているが、あの東北の大災害を想えば、同じ東北の花巻の出身、賢治の存在を見逃がすことは出来まい。改めて執筆者各位の熱意ある賢治論の展開を願ってやまないものである。この論集の刊行時期も先の論集「時代を問う文学」以来、〈三・一一〉としている意義の何たるかも、もはや付言する必要はあるまい。

二〇一四年二月

佐藤泰正

執筆者プロフィール

加 藤 邦 彦 （かとう・くにひこ）

1974年生。梅光学院大学准教授。博士（文学）。著書・論文に『中原中也と詩の近代』（角川学芸出版、2010年3月）、「「荒地」というエコールの形成と「現代詩とは何か」」（「るる」第1号、2013年12月）など。

加藤典洋　（かとう・のりひろ）

1948年生。文芸評論家。早稲田大学教授。著書に『アメリカの影』、『日本風景論』（ともに講談社文芸文庫）、『敗戦後論』（ちくま文庫）、『3・11　死に神に突き飛ばされる』（岩波書店）など。近刊予定に『有限性のほうへ』（新潮社、仮題）がある。

金　貞淑　（キム・ジョンスク）

1949年生。北九州市立大学非常勤講師。翻訳家。著書に『私の生、私の物語』（延梨出版社、共著）、訳書（韓国語）に『道草』（イレ出版社）、『硝子戸の中』（文学の森社）、『門』（ビチェ社）ほか。

北川　透　（きたがわ・とおる）

1935年生。梅光学院大学名誉教授。著書に『北村透谷・試論』（全三巻、冬樹社）、『萩原朔太郎〈詩の原理〉論』（筑摩書房）、『詩的レトリック入門』（思潮社）、『谷川俊太郎の世界』（思潮社）、『中原中也論集成』（思潮社）など。

奥野政元　（おくの・まさもと）

1945年生。梅光学院大学特任教授。著書に『中島敦論考』（桜楓社）、『芥川龍之介論』（翰林書房）などがある。その他森鷗外、夏目漱石、遠藤周作についての論文がある。

渡辺玄英　（わたなべ・げんえい）

1960年生。詩人。梅光学院大学講師。読売新聞（西部本社）詩時評連載中。著書に詩集として『破れた世界と啼くカナリア』（思潮社）、『火曜日になったら戦争に行く』（思潮社）、『海の上のコンビニ』（思潮社）など。

文学の力—時代と向き合う作家たち

梅光学院大学公開講座論集　第62集

2014年3月11日　初版第1刷発行

佐藤泰正

1917年生。梅光学院大学客員教授。文学博士。著書に『日本近代詩とキリスト教』（新教出版社）、『夏目漱石論』（筑摩書房）、『佐藤泰正著作集』全13巻（翰林書房）、『中原中也という場所』（思潮社）、『これが漱石だ。』（櫻の森通信社）、共著に、佐藤泰正・山城むつみ『文学は〈人間学だ〉。』（笠間書院）ほか。

編者

右澤康之

装幀

株式会社　シナノ

印刷／製本

有限会社　笠間書院

〒101-0064　東京都千代田区猿楽町2-2-3
Tel 03(3295)1331　Fax 03(3294)0996

発行所

ISBN　978-4-305-60263-3　C0395　NDC分類：910.2

落丁・乱丁本はお取りかえいたします。
出版目録は上記住所までご請求下さい。

佐藤泰正編　笠間ライブラリー❖梅光学院大学公開講座

1 文学における笑い

古代文学と笑い▍山路平四郎　今昔物語集の笑い▍宮田尚　芭蕉俳諧における「笑い」▍復本一郎　「猫」の笑いとその背後にあるもの▍佐藤泰正　椎名文学における〈笑い〉と〈ユーモア〉▍宮野光男　天上の笑いと地獄の笑い▍安森敏隆　中国古典に見る笑い▍白木進　シェイクスピアと笑い▍後藤武士　風刺と笑い▍奥山康治　現代アメリカ文学におけるユダヤ人の歪んだ笑い▍今井夏彦

60214-8
品切

2 文学における故郷

民族の魂の故郷▍国分直一　古代文学における故郷▍岡田喜久男　源氏物語における望郷の歌▍武原弘　近代芸術における故郷▍磯田光一　近代詩と〈故郷〉▍佐藤泰正　文学における故郷の問題▍早川雅之　〈故郷〉への想像力▍武田友寿　椎名文学における〈故郷〉▍宮野光男　民族の中のことば▍岡野信子　英語のふるさと▍田中美輝夫

60215-6
1000円

3 文学における夢

先史古代人の夢▍国分直一　夢よりもはかなき▍森田兼吉　夢幻能に見る人間の運命▍池田富蔵　「今昔物語集」の夢▍高橋貢　伴善男の夢▍宮田尚　〈夢〉▍佐藤泰正　夢と文学▍饗庭孝男　寺山修司における〈地獄〉の夢▍安森敏隆　夢と幻視の原点▍水田巌　エズラ・パウンドの夢の歌▍佐藤幸夫　キャサリン・マンスフィールドと「子供の夢」▍吉津成久

50189-9
品切

4 日本人の表現

和歌における即物的表現と即心的表現▍山路平四郎　王朝物語の色彩表現▍伊原昭　「罪と罰」雑感▍桶谷秀昭　漱石の表現技法と英文学▍矢本貞幹　芥川の「手巾」に見られる日本人の表現▍向山義彦　『文章読本』管見▍常岡晃　九州弁の表現法▍藤原与一　英語と日本語の表現構造▍村田忠男　日本人の音楽における特性▍中山敦

50190-2
1000円

ISBNは頭に978-4-305を付けご利用下さい。

佐藤泰正編　笠間ライブラリー❖梅光学院大学公開講座

5　文学における宗教

旧約聖書における文学と宗教▌関根正雄　キリスト教と文学の接点▌大塚野百合　エミリー・ブロンテの信仰▌宮川下枝　セアラの愛▌宮野祥子　ヘミングウェイと聖書的人間像▌樋口日出雄　ジョルジュ・ベルナース論▌上総英郎　ポール・クローデルのみた日本の心▌石進　『風立ちぬ』の世界▌佐藤泰正　椎名麟三とキリスト教▌宮野光男　塚本邦雄における〈神〉の位相▌安森敏隆

50191-0
1000円

6　文学における時間

先史古代社会における時間▌国分直一　古代文学における時間▌岡田喜久男　漱石における時間▌佐藤泰正　戦後小説の時間▌利沢行夫　椎名文学における〈時間〉▌宮野光男　文学における瞬間と持続▌山形和美　十九世紀イギリス文学における「時間」▌藤田清次　英語時制の問題点▌加島康司　ヨハネ福音書における「時」▌峠口新

50192-9
1000円

7　文学における自然

源氏物語の自然▌武原弘　源俊頼の自然詠について▌関根慶子　透谷における「自然」▌平岡敏夫　漱石における〈自然〉▌佐藤泰正　中国文学に於ける自然観▌今浜通隆　ワーズワス・自然・パストラル▌野中涼　アメリカ文学と自然▌東山正芳　ヨーロッパ近代演劇と自然主義▌徳永哲　イプセン作「テーリエ・ヴィーゲン」の海▌中村都史子

50193-7
1000円

8　文学における風俗

倭人の風俗▌国分直一　『今昔物語集』の受領たち▌宮田尚　浮世草子と風俗▌渡辺憲司　椎名文学における〈風俗〉▌宮野光男　藤村と芥川の風俗意識に見られる近代日本文学の歩み▌向山義彦　文学の「場」としての風俗▌磯田光一　現代アメリカ文学における風俗▌今井夏彦　風俗への挨拶▌新谷敬三郎　哲学と昔話▌荒木正見　ことばと風俗▌村田忠男

50194-5
1000円

ISBNは頭に978- 4 -305を付けご利用下さい。

佐藤泰正編　笠間ライブラリー❖梅光学院大学公開講座

9 文学における空間

魏志倭人伝の方位観■国分直一　はるかな空間への憧憬と詠歌■岩崎禮太郎　漱石における空間―序説■佐藤泰正　文学空間としての北海道■小笠原克　文学における空間■矢本貞幹　ヨーロッパ近代以降の戯曲空間と「生」■徳永哲　W・B・イェイツの幻視空間■星野徹　言語における空間■岡野信子　ボルノーの空間論■森田美千代　聖書の解釈について■岡山好江

50195-3
品　切

10 方法としての詩歌

源氏物語の和歌について■武原弘　近代短歌の方法意識■前田透　方法としての近代歌集■佐佐木幸綱　宮沢賢治―その挽歌をどう読むか■佐藤泰正　詩の構造分析■関根英二　『水葬物語』論■安森敏隆　私の方法■谷川俊太郎　シェイクスピアと詩■後藤武士　方法としての詩―W・C・ウィリアムズの作品に即して■徳永暢三　日英比較詩法■樋口日出雄　北欧の四季の歌■中村都史子

50196-1
1000円

11 語りとは何か

「語り」の内面■武田勝彦　異常な語り■荒木正見　『谷の影』における素材と語り■徳永哲　ヘミングウェイと語り■樋口日出雄　『フンボルトの贈物』■今石正人　『古事記』における物語と歌謡■岡田喜久男　語りとは何か■藤井貞和　日記文学における語りの性格■森田兼吉　〈語り〉の転移■佐藤泰正

50197-4
1000円

12 ことばの諸相

ロブ・グリエ「浜辺」から■関根英二　俳句・短歌・詩における〈私〉の問題■北川透　イディオットの言語■赤祖父哲二　『源氏物語』の英訳をめぐって■井上英明　ボルノーの言語論■森田美千代　英文法■加島康司　英語変形文法入門■本橋辰至　「比較級＋than 構造」と否定副詞■福島一人　現時点でみる国内国外における日本語教育の種々相■白木進　仮名と漢字■平井秀文

50198-8
1100円

ISBNは頭に978-4-305を付けご利用下さい。

佐藤泰正編　笠間ライブラリー❖梅光学院大学公開講座

13

文学における父と子

家族をめぐる問題■国分直一　孝と不幸との間■宮田尚　俊成と定家■岩崎禮太郎　浮世草子の破家者達■渡辺憲司　明治の〈二代目たち〉の苦闘■中野新治　ジョバンニの父とはなにか■吉本隆明　子の世代の自己形成■吉津成久　父を探すヤペテ＝スティーヴン■鈴木幸夫　S・アンダスン文学における父の意義■小園敏幸　ユダヤ人における父と子の絆■今井夏彦

50199-6
1000円

14

文学における海

古英詩『ベオウルフ』における海■矢田裕士　ヘンリー・アダムズと海■樋口日出雄　海の慰め■小川国夫　万葉人たちのうみ■岡田喜久男　中世における海の歌■池田富蔵　「待つ」とのコスモロジー■杉本春生　三島由紀夫における〈海〉■佐藤泰正　吉行淳之介の海■関根英二　海がことばに働くとき■岡野信子　現象としての海■荒木正見

50200-3
品　切

15

文学における母と子

『蜻蛉日記』における母と子の構図■守屋省吾　女と母と■安森敏隆　母と子■中山和子　汚辱と神聖と■斎藤末弘　文学のなかの母と子■宮野光男　母の魔性と神性■渡辺美智子　『海へ騎り行く人々』にみる母の影響■徳永哲　ポルノーの母子論■森田美千代　マターナル・ケア■たなべ・ひでのり

60216-4
1000円

16

文学における身体

新約聖書における身体■峠口新　身体論の座標■荒木正見　G・グリーン「燃えつきた人間」の場合■宮野祥子　身体・国土・聖別■井上英明　身体論的な近代文学のはじまり■亀井秀雄　近代文学における身体■吉田凞生　漱石における身体■佐藤泰正　竹内敏晴のからだ論■森田美千代　短歌における身体語の位相■安森敏隆

60217-2
1000円

ISBNは頭に978-4-305を付けご利用下さい。

佐藤泰正編　笠間ライブラリー❖梅光学院大学公開講座

17 日記と文学

『かげろうの日記』の拓いたもの▍森田兼吉　『紫式部日記』論予備考説▍武原弘　建保期の定家と明月記▍岩崎禮太郎　二世市川団十郎日記抄の周辺▍渡辺憲司　傍観者の日記・作品の中の傍観者▍中野新治　一葉日記の文芸性▍村松定孝　作家と日記▍宮野光男　日記の文学と文学の日記▍中野記偉　『自伝』にみられるフレーベルの教育思想▍吉岡正宏

60218-0
1000円

18 文学における旅

救済史の歴史を歩んだひとびと▍岡山好江　天都への旅▍山本俊樹　ホーソンの作品における旅の考察▍長岡政憲　アラン島の生活とシング▍徳永哲　海上の道と神功伝説▍国分直一　万葉集における旅▍岡田喜久男　〈旅といのち〉の文学▍岩崎禮太郎　同行二人▍白石悌三　『日本言語地図』から20年▍岡野信子

60219-9
1000円

19 事実と虚構

『遺物』における虚像と実像▍木下尚子　鹿谷事件の〈虚〉と〈実〉▍宮田尚　車内空間と近代小説▍剣持武彦　斎藤茂吉における事実と虚構▍安森敏隆　太宰治における事実と虚構▍長篠康一郎　竹内敏晴における事実と虚構▍森田美千代　遊戯論における現実と非現実の世界▍吉岡正宏　テニスン『イン・メモリアム』考▍渡辺美智子　シャーウッド・アンダスンの文学における事実と虚構▍小園敏幸

60220-2
品　切

20 文学における子ども

子ども―「大人の父」―▍向山淳子　児童英語教育への効果的指導▍伊佐雅子　『源氏物語』のなかの子ども▍武原弘　芥川の小説と童話▍浜野卓也　近代詩のなかの子ども▍佐藤泰正　外なる子ども　内なる子ども▍いぬいとみこ　「内なる子ども」の変容をめぐって▍高橋久子　象徴としてのこども▍荒木正見　子どもと性教育▍古澤暁　自然主義的教育論における子ども観▍吉岡正宏

60221-0
1000円

ISBNは頭に978-4-305を付けご利用下さい。

佐藤泰正編　笠間ライブラリー❖梅光学院大学公開講座

21 文学における家族

平安日記文学に描かれた家族のきずな▍森田兼吉　家族の発生▍山田有策　塚本邦雄における〈家族〉の位相▍安森敏隆　中絶論▍芹沢俊介　「家族」の脱構築▍吉津成久　清貧の家族▍向山淳子　家庭教育の人間学的考察▍広岡義之　日米の映画にみる家族▍樋口日出雄

60222-9
1000円

22 文学における都市

欧米近代戯曲と都市生活▍徳永哲　都市とユダヤの「隙間」▍今井夏彦　ボルノーの「空間論」についての一考察▍広岡義之　民俗における都市と村落▍国分直一　〈都市〉と「根の介」前後▍渡辺憲司　百閒と漱石——反＝三四郎の東京▍西成彦　都市の中の身体　身体の中の都市▍小森陽一　宮沢賢治における「東京」▍中野新治　都市の生活とスポーツ▍安富俊雄

60223-7
1000円

23 方法としての戯曲

『古事記』における演劇的なものについて▍岡田喜久男　方法としての戯曲▍松崎仁　椎名麟三戯曲「自由の彼方で」における〈神の声〉▍宮野光男　方法としての戯曲▍高堂要　欧米近代戯曲における「神の死」の諸相▍徳永哲　戯曲とオペラ▍原口すま子　島村抱月とイプセン▍中村都史子　ボルノーにおける「役割からの解放」概念について▍広岡義之　〈方法としての戯曲〉とは▍佐藤泰正

60224-5
1000円

24 文学における風土

ホーソーンの短編とニューイングランドの風土▍長岡政憲　現代ミシシッピー川の風土とマーク・トウェイン▍向山淳子　現代欧米戯曲にみる現代的精神風土▍徳永哲　神聖ローマの残影▍栗田廣美　豊国と常陸国▍国分直一　『今昔物語集』の〈九州〉▍宮田尚　賢治童話と東北の自然▍中野新治　福永武彦における「風土」▍曽根博義　『日本言語地図』上に見る福岡県域の方言状況▍岡野信子　スポーツの風土▍安富俊雄

60225-3
1000円

ISBNは頭に978-4-305を付けご利用下さい。

25　「源氏物語」を読む

源氏物語の人間■目加田さくを　「もののまぎれ」の内容■今井源衛　『源氏物語』における色のモチーフ■伊原昭　光源氏はなぜ絵日記を書いたか■森田兼吉　弘徽殿大后試論■田坂憲二　末期の眼■武原弘　源氏物語をふまえた和歌■岩崎禮太郎　光源氏の生いたちについて■井上英明　『源氏物語』の中国語訳をめぐる諸問題■林水福　〈読む〉ということ■佐藤泰正

60226-1　品切

26　文学における二十代

劇作家シングの二十歳■徳永哲　エグサイルとしての二十代■吉津成久　アメリカ文学と青年像■樋口日出雄　儒者・文人をめざす平安中期の青年群像■今浜通隆　維盛の栄光と挫折■宮田尚　イニシエーションの街―「三四郎」■石原千秋　「青春」という仮構■紅野謙介　二十代をライフサイクルのなかで考える■古澤暁　文学における明治二十年代■佐藤泰正

60227-5　1000円

27　文体とは何か

文体まで■月村敏行　新古今歌人の歌の凝縮的表現■岩崎禮太郎　大田南畝の文体意識■久保田啓一　太宰治の文体―「富嶽百景」再攷■鶴谷憲三　表現の抽象レベル■野中涼　語彙から見た文体■福島一人　新聞及び雑誌英語の文体に関する一考察■原田一男　〈海篇〉に散見される特殊な義注文体■遠藤由里子　漱石の文体■佐藤泰正

60228-8　品切

28　フェミニズムあるいはフェミニズム以後

近代日本文学のなかのマリアたち■宮野光男　「ゆき女きき書」成立考■井上洋子　シェイクスピアとフェミニズム■朱雀成子　フランス文学におけるフェミニズムの諸相■常岡晃　女性の現象学■広岡義之　フェミニスト批判に対して■富山太佳夫　言語運用と性■松尾文子　アメリカにおけるフェミニズムあるいはフェミニスト神学■森田美千代　山の彼方にも世界はあるのだろうか■中村都史子　スポーツとフェミニズム■安富俊雄　近代文学とフェミニズム■佐藤泰正

60229-6　1000円

ISBNは頭に978-4-305を付けご利用下さい。

佐藤泰正編　笠間ライブラリー❖梅光学院大学公開講座

29 文学における手紙

手紙に見るカントの哲学▍**黒田敏夫**　ブロンテ姉妹と手紙▍**宮川下枝**　シングの孤独とモリーへの手紙▍**徳永哲**　苦悩の手紙▍**今井夏彦**　平安女流日記文学と手紙▍**森田兼吉**　『今昔物語集』の手紙▍**宮田尚**　書簡という解放区▍**金井景子**　塵の世・仙境・狂気▍**中島国彦**　「郵便脚夫」としての賢治▍**中野新治**　漱石―その〈方法としての書簡〉▍**佐藤泰正**

60230-5
1000円

30 文学における老い

古代文学の中の「老い」▍**岡田喜久男**　「楢山節考」の世界▍**鶴谷憲三**　限界状況としての老い▍**佐古純一郎**　聖書における老い▍**峠口　新**　老いゆけよ我と共に―R・ブラウニングの世界▍**向山淳子**　アメリカ文学と〝老い〟▍**大橋健三郎**　シャーウッド・アンダスンの文学におけるグロテスクと老い▍**小園敏幸**　へミングウェイと老人▍**樋口日出雄**　「老い」をライフサイクルのなかで考える▍**古澤　暁**　〈文学における老い〉とは▍**佐藤泰正**

60231-8
1000円

31 文学における狂気

預言と狂気のはざま▍**松浦義夫**　シェイクスピアにおける狂気▍**朱雀成子**　近代非合理主義運動の功罪▍**広岡義之**　G・グリーン『おとなしいアメリカ人』を読む▍**宮野祥子**　狂気と江戸時代演劇▍**松崎仁**　北村透谷―「疎狂」の人▍**藪禎子**　萩原朔太郎の「殺人事件」▍**北川透**　狂人の手記▍**木股知史**　森内俊雄文学のなかの〈狂気の女〉▍**宮野光男**　〈文学における狂気〉とは▍**佐藤泰正**

60232-6
1000円

32 文学における変身

言語における変身▍**古川武史**　源氏物語における人物像変貌の問題▍**武原弘**　ドラマの不在・変身▍**中野新治**　変身、物語の母型―漱石『こゝろ』管見―▍**浅野洋**　唐代伝奇に見える変身譚―▍**増子和男**　神の巫女―谷崎潤一郎〈サイクル〉の変身―▍**清水良典**　メタファーとしての変身―▍**北川透**　イエスの変貌と悪霊に取りつかれた子の癒し―▍**森田美千代**　トウェインにおける変身、或いは入れ替わりの物語▍**堤千佳子**　〈文学における変身〉とは▍**佐藤泰正**

60233-4
1000円

ISBNは頭に978-4-305を付けご利用下さい。

佐藤泰正編　笠間ライブラリー❖梅光学院大学公開講座

33
シェイクスピアを読む

多義的な〈真実〉■鶴谷憲三　『オセロー』―女たちの表象■朱雀成子　昼の闇に飛翔する〈せりふ〉■徳永哲　シェイクスピアと諺■向山淳子　ジョイスのなかのシェイクスピア■吉津成久　シェイクスピアを社会言語学的視点から読む■高路善章　シェイクスピアの贋作■大場建治　シェイクスピア劇における特殊と普遍■柴田稔彦　精神史の中のオセロウ■藤田実　漱石とシェイクスピア■佐藤泰正

60234-2
1000円

34
表現のなかの女性像

「小町変相」論■須浪敏子　〈男〉の描写から〈女〉を読む■森田兼吉　シャーウッド・アンダスンの女性観■小園敏幸　矢代静一「泉」を読む■宮野光男　和学者の妻たち■久保田啓一　文読む女・物縫う女■中村都史子　運動競技と女性のミステリー■安富俊雄　マルコ福音書の女性たち■森田美千代　漱石の描いた女性たち■佐藤泰正

60235-0
1000円

35
文学における仮面

文体という仮面■服部康喜　変装と仮面■石割透　キリスト教におけるペルソナ（仮面）■松浦義夫　ギリシャ劇の仮面から現代劇の仮面へ■徳永哲　ボルノーにおける「希望」の教育学■広岡義之　ブラウニングにおけるギリシャ悲劇〈仮面劇〉の受容■松浦美智子　見えざる仮面■松崎仁　〈仮面〉の犯罪■北川透　〈文学における仮面〉とは■佐藤泰正　テニソンの仮面■向山淳子

60236-9
品　切

36
ドストエフスキーを読む

ドストエフスキー文学の魅力■木下豊房　光と闇の二連画■清水孝純　ロシア問題■新谷敬三郎　萩原朔太郎とドストエフスキー■北川透　ドストエフスキーにおけるキリスト理解■松浦義夫　「罪と罰」におけるニヒリズムの超克■黒田敏夫　『地下室の手記』を読む■徳永哲　太宰治における〈ドストエフスキー〉■鶴谷憲三　呟きは道化の祈り■宮野光男　ドストエフスキイと近代日本の作家■佐藤泰正

60237-7
1000円

ISBNは頭に978-4-305を付けご利用下さい。

佐藤泰正編　笠間ライブラリー❖梅光学院大学公開講座

37

文学における道化

受苦としての道化▮柴田勝二　笑劇（ファルス）の季節、あるいは蛸博士の二重身▮花田俊典　〈道化〉という仮面▮鶴谷憲三　道化と祝祭▮安冨俊雄　『源氏物語』における道化▮武原弘　濫行の僧たち▮宮田尚　近代劇、現代劇における道化▮徳永哲　シェイクスピアの道化▮朱雀成子　〈文学における道化〉とは▮佐藤泰正　ブラウニングの道化役▮向山淳子

60238-5
1000円

38

文学における死生観

斎藤茂吉の死生観▮安森敏隆　平家物語の死生観▮松尾葦江　キリスト教における死生観▮松浦義夫　ケルトの死生観▮吉津成久　ヨーロッパ近・現代劇における死生観▮徳永哲　教育人間学が問う「死」の意味▮広岡義之　「死神」談義▮増子和男　宮沢賢治の生と死▮中野新治　〈文学における死生観〉とは▮佐藤泰正　ブライアントとブラウニング▮向山淳子

60239-3
1000円

39

文学における悪

カトリック文学における悪の問題▮富岡幸一郎　エミリ・ブロンテと悪▮斎藤和明　電脳空間と悪▮樋口日出雄　悪魔と魔女と妖精と▮樋口紀子　近世演劇に見る悪の姿▮松崎仁　『今昔物語集』の悪行と悪業▮宮田尚　『古事記』に見る「悪」▮岡田喜久男　〈文学における悪〉とは―あとがきに代えて―▮佐藤泰正　ブラウニングの悪の概念▮向山淳子

60240-7
1000円

40

「こころ」から「ことば」へ　「ことば」から「こころ」へ

〈道具〉扱いか〈場所〉扱いか▮中右実　あいさつ対話の構造・特性とあいさつことばの意味作用▮岡野信子　人間関係の距離認知とことば▮高路善章　外国語学習へのヒント▮吉井誠　伝言ゲームに起こる音声的な変化について▮有元光彦　話法で何が伝えられるか▮松尾文子　〈ケルトのこころ〉が囁く▮吉津成久　文脈的多義と認知的多義▮国広哲弥　〈ことばの音楽〉をめぐって▮北川透　言葉の逆説性をめぐって▮佐藤泰正

60241-3
1000円

ISBNは頭に978-4-305を付けご利用下さい。

佐藤泰正編　笠間ライブラリー❖梅光学院大学公開講座

41 異文化との遭遇

〈下層〉という光景■出原隆俊　横光利一とドストエフスキーをめぐって■小田桐弘子　説話でたどる仏教東漸■宮田尚　キリスト教と異文化■松浦義夫　ラフカディオ・ハーンから小泉八雲へ■吉津成久　アイルランドに渡った「能」■徳永哲　北村透谷とハムレット■北川透　国際理解と相克■堤千佳子　〈異文化との遭遇〉とは■佐藤泰正　Englishness of English Haiku and Japaneseness of Japanese Haiku■湯浅信之

60242-3
1000 円

42 癒しとしての文学

イギリス文学と癒しの主題■斎藤和明　癒しは、どこにあるか■宮川健郎　トマス・ピンチョンにみる癒し■樋口日出雄　魂の癒しとしての贖罪■松浦義夫　文学における癒し■宮野光男　読書療法をめぐる十五の質問に答えて■村中李衣　宗教と哲学における魂の癒し■黒田敏夫　ブラウニングの詩に見られる癒し■松浦美智子　『人生の親戚』を読む■鶴谷憲三　〈癒しとしての文学〉とは■佐藤泰正

60243-1
1000 円

43 文学における表層と深層

『風立ちぬ』の修辞と文体■石井和夫　遠藤周作『深い河』の主題と方法■笠井秋生　宮沢賢治における「超越」と「着地」■中野新治　福音伝承における表層と深層■松浦義夫　ジャガ芋大飢饉のアイルランド■徳永哲　V・E・フランクルにおける「実存分析」についての一考察■広岡義之　G・グリーン『キホーテ神父』を読む■宮野祥子　〈文学における表層と深層〉とは■佐藤泰正　言語構造における深層と表層■古川武史

60244-2
1000 円

44 文学における性と家族

「ウチ」と「ソト」の間で■重松恵子　〈流浪する狂女〉と〈二階の叔父さん〉■関谷由美子　庶民家庭における一家団欒の原風景■佐野茂　近世小説における「性」と「家族」■倉本昭　『聖書』における「家族」と「性」■松浦義夫　『ハムレット』を読み直す■朱雀成子　ノラの家出と家族問題■徳永哲　『ユリシーズ』における「寝取られ亭主」の心理■吉津成久　シャーウッド・アンダスンの求めた性と家族■小園敏幸　〈文学における性と家族〉とは■佐藤泰正

60245-8
1000 円

ISBNは頭に978-4-305を付けご利用下さい。

佐藤泰正編　笠間ライブラリー❖梅光学院大学公開講座

45 太宰治を読む

太宰治と井伏鱒二■相馬正一　太宰治と旧制弘前高等学校■鶴谷憲三　『新釈諸国噺』の裏側■宮田　尚　花なき薔薇■北川透　『人間失格』再読■佐藤泰正　「外国人」としての主人公の位置について■村瀬　学　太宰治を読む■宮野光男　戦時下の太宰・一面■佐藤泰正

60246-6　1000 円

46 鷗外を読む

「鷗外から司馬遼太郎まで」■山崎正和　鷗外の『仮名遣意見』について■竹盛天雄　森鷗外の翻譯文學■小堀桂一郎　森鷗外における「名」と「物」■中野新治　小倉時代の森鷗外■小林慎也　多面鏡としての〈戦争詩〉■北川　透　鷗外と漱石■佐藤泰正

60247-4　品　切

47 文学における迷宮

『新約聖書』最大の迷宮■松浦義夫　源氏物語における迷宮■武原　弘　富士の人穴信仰と黄表紙■倉本　昭　思惟と存在の迷路■黒田敏夫　「愛と生の迷宮」■松浦美智子　死の迷宮の中へ■徳永　哲　アメリカ文学に見る「迷宮」の様相■大橋健三郎　アップダイクの迷宮的世界■樋口日出雄　パラノイアック・ミステリー■中村三春　〈文学における迷宮〉とは■佐藤泰正

60248-2　1000 円

48 漱石を読む

漱石随想■古井由吉　漱石における東西の葛藤■湯浅信之　「坊っちやん」を読む■宮野光男　漱石と朝日新聞■小林慎也　人情の復活■石井和夫　強いられた近代人■中野新治　〈迷羊〉の彷徨■北川　透　「整つた頭」と「乱れた心」■田中　実　『明暗』における下位主題群の考察（その二）■石崎　等　〈漱石を読む〉とは■佐藤泰正

60249-0　1000 円

49 戦争と文学

戦争と歌人たち■篠　弘　二つの戦後■加藤典洋　フランクルの『夜と霧』を読み解く■広岡義之　〈国民詩〉という罠■北川　透　後日談としての戦争■樋口日出雄　マーキェヴィッツ伯爵夫人とイェイツの詩■徳永　哲　返忠（かえりちゅう）■宮田　尚　『新約聖書』における聖戦■松浦義夫　戦争文学としての『趣味の遺伝』■佐藤泰正

60250-4　1000 円

ISBN は頭に978-4-305を付けご利用下さい。

ISBN は頭に978- 4 -305を付けご利用下さい。

佐藤泰正編　笠間ライブラリー❖梅光学院大学公開講座

55　戦後文学を読む

敗戦文学論■桶谷秀昭　戦争体験の共有は可能か—浮遊する〈魂〉と彷徨する〈けもの〉について—■栗坪良樹　危機ののりこえ方—大江健三郎の文学—■松原新一　マリアを書く作家たち—椎名麟三「マグダラのマリア」に言い及ぶ—■宮野光男　松本清張の書いた戦後—『点と線』『日本の黒い霧』など—■小林慎也　三島由紀夫『春の雪』を読む■北川透　現代に〈教養小説〉は可能か—村上春樹『海辺のカフカ』を読む—■中野新治　戦後文学の問いかけるもの—漱石と大岡昇平をめぐって—■佐藤泰正

60256-5
1000 円

56　文学　海を渡る

ことばの海を越えて—シェイクスピア・カンパニーの出帆—■下館和巳　想像力の往還—カフカ・公房・春樹という惑星群—■清水孝純　ケルトの風になって—精霊の宿る島愛蘭と日本の交流—■吉津成久　パロディー、その喜劇への変換—太宰治『新ハムレット』考—■北川透　黒澤明の『乱』—『リア王』の変容—■朱雀成子　赤毛のアンの語りかけるもの■堤千佳子「のっぺらぼう」考—その「正体」を中心として—■増子和男　近代日本文学とドストエフスキイ—透谷・漱石・小林秀雄を中心に—■佐藤泰正

60257-2
1000 円

57　源氏物語の愉しみ

「いとほし」をめぐって—源氏物語は原文の味読によるべきこと—■秋山虔　源氏物語の主題と構想■目加田さくを　『源氏物語』と色—その一端—■伊原昭　桐壺院の年齢—与謝野晶子の「二十歳」「三十歳」説をめぐって—■田坂憲二　第二部の紫の上の生と死—贖罪論の視座から—■武原弘　『源氏物語』の表現技法—用語の選択と避選択・敬語の使用と避使用—■関一雄　『源氏』はどう受け継がれたか—禁忌の恋の読まれ方と『源氏』以後の男主人公像—■安道百合子　江戸時代人が見た『源氏』の女人—末摘花をめぐって—■倉本昭　源氏物語雑感■佐藤泰正

60258-9
1000 円

ISBN は頭に978- 4 -305を付けご利用下さい。

佐藤泰正編　笠間ライブラリー❖梅光学院大学公開講座

61

女流文学の潮流

感性のことなど■川上未映子　大人になるは厭やな事―「たけくらべ」の表現技巧―■山田有策　土屋斐子「和泉日記」の魅力とは■板坂耀子　『紫式部日記』清少納言批判をどう読むか―紫式部の女房としての職掌意識を想像しつつ―■安道百合子　笠女郎の相聞歌―大伴家持をめぐる恋―■島田裕子　三浦綾子論―苦痛の意味について―■奥野政元　二人の童話作家―あまんきみこと安房直子―■村中李衣　そのとき女性の詩が変わった■渡辺玄英　女性の勁さとは何か―あとがきに代えて―■佐藤泰正

60262-6

1000 円

ISBNは頭に978- 4 -305を付けご利用下さい。